# リアリズムの擁護

近現代文学論集

小谷野敦

新曜社

リアリズムの擁護——目次

装幀——難波園子

# リアリズムの擁護――私小説、モデル小説

秋山駿は、『私小説という人生』（新潮社、二〇〇六年）で、中村光夫以来の私小説批判に反駁し、私小説は日本人が誇るべき文学形式であると書いている。田山花袋の「蒲団」を高く評価し、しばしば「蒲団」と並べられる岩野泡鳴の「耽溺」を評価しない点など、同意するところが少なくない。筑摩書房から坪内祐三編集で刊行された「明治の文学」で、私は花袋の巻を担当した。坪内は、これは断わられるかなと思った、と言っているが、むしろ喜んで引き受けたのである。実にこの三十年ほど、丸谷才一による私小説批判、柄谷行人による「蒲団」否定論などが勢力をもって、「蒲団」及び私小説は、不当なまでに低く評価されてきたと言わざるをえない。

一九六一年、平野謙の「純文学は歴史的概念だ」という一言から始まったとされている「純文学論争」の際、高見順は、「純文学の過去と現在」（『新潮』一九六二年二月）で、あまりに私小説を否定しすぎた結果として、こういう論争が起きたのだと書いている。もっとも、それから二十年以上たって、胡桃沢耕史が『黒パン俘虜記』で直木賞を受賞したとき（一九八三年）、「私小説なら貰え

ると思った」と発言したのは、ちょっと話題になった。今でも、川端康成文学賞などは、私小説に与えられる傾向が強いが、かつて、純文学といえばまず私小説だと考えられた時代からすると、かなり私小説重視派の勢力は弱くなった。

さて私自身、昨年（二〇〇六年）七月、「私小説」めいたものを発表したが（「悲望」『文學界』八月号、その後『悲望』幻冬舎）、その際、「毎日新聞」の文芸時評で川村湊が、同月の西村賢太「暗渠の宿」と並べて「自然主義の復活か」などと書いた（七月二六日夕刊）。それが気になった。恐らく川村は、花袋、藤村、白鳥のような、作者自身の醜い体験を描いたものを「自然主義」ととらえてそう言ったのだろう。しかし、自然主義といえば、もっと退屈な作品も含まれる。

「私小説」という語も、全然違う二つの種類のものをさす語になってしまっている。私が座右に置いている『新修国語総覧』（京都書房、一九七七年）の「近代文芸用語解説」の「私小説」の項目には、「私小説」は、自然主義と白樺派の自己表白の流れが融合して、大正二年（一九一三）の秋江「疑惑」と木村荘太《そうた》「牽引」によって確立したというのが定説だとある。これは中村光夫が「蒲団」を私小説の濫觴とするのに反対する平野謙の説だが（『藝術と実生活』、初出は『日本文学大辞典別巻』新潮社、一九五二年）、定説かどうかは疑わしい。新版の『新訂国語総覧』（二〇〇一年）の同じ項目には、「疑惑」と「牽引」は出てこない。さらに、破滅型とは異なる「心境小説」は、志賀直哉の「城の崎にて」を代表とし、滝井孝作・尾崎一雄・梶井基次郎・島木健作・上林暁らがこれを引き継いだとされている。後者は、戦後になると「身辺雑記私小説」と呼ばれるものになり、あたかも随筆とどう違うのか分からない、文藝雑誌の創作欄に載っているから小説であるといった類のものになるのだが、どうも「蒲団」イコール「自然主義」イコール「私小説」という偏った見方が、柄谷行人の『日本近代文学の起源』の出た一九八〇年代から変な広がり方をしたようである。

なお木村の「牽引」は、フュウザン会の『生活』大正二年八月号掲載で、国立近代美術館にある。再録した本はないようだが、伊藤野枝との擬似恋愛事件を描いたもので、二人の往復書簡が主たる内容で、木村の自伝『魔の宴』（一九五〇年、現在、日本図書センター）と、『伊藤野枝全集』（學藝書林）に入っている「動揺」とほぼ同じである。しかし、『魔の宴』において木村自身が、現物が見つからないので、野枝全集を参考に書く、と言っており、平野が現物を見て書いたのかどうかは分からない。

＊

谷崎潤一郎の『青春物語』（一九三二―三三年連載、三三年刊）に、次のような一節がある。

さりとて自然主義諸家の作品を読んでも、白鳥、独歩、秋聲等の二三氏を除く外、ほとんど孰れも感心する気にはなれなかつた。事実、あの頃の自然主義の横暴と云つたら、恰も二三年前のプロレタリア文学勃興時代に髣髴たるものがあつてあれよりも尚鼻息が荒かつた。それについては、たび〳〵例に引くことだけれども、鏡花先生の小説を引き請けた書肆が自然主義作家の一団からボーイコットを食いさうになつて、已むを得ず出版を中止したと云ふ事件などがあり、猫も杓子も自然主義的作品をさへ書いてゐれば認められると云ふ風で、「平家にあらざれば人にあらず」と云ふ如く、「自然主義者にあらざれば作家にあらず」の感があつた。唯鷗外と漱石の両大家だけはさすがに時流に超然として、（後略）

しかし、鏡花の出版ボイコット事件というのは確認できない。ただ、『鏡花全集』別巻（岩波書店）に収められた、大正十四年（一九二五）に『新潮』で行なわれた回顧的合評会で、鏡花、花袋、久保田万太郎らが出席して、鏡花への原稿の注文が自然主義派の圧迫でとりやめになったことがある、と言われている。しかし単行本が潰れたという話はないから、短編一本の話がいつしか単行本へと膨れ上がったのだろう。

明治四十年（一九〇七）から四十三年頃のことだが、果たして自然主義はそれほどの全盛を誇り、それほど横暴だったのだろうか。「たび〳〵例に引く」と言っているのは、昭和二年『改造』連載の「饒舌録」にある次のような文章のことだろう。

次いで自然主義が文壇を風靡した頃は、森鷗外一人を除いて前の時代の作家たちは殆ど影をひそめてしまつた。自然主義前派の人々が当時の新しい作家や批評家にいかに迫害されたかは、被迫害者の一人であつた泉鏡花氏の話を聞いても一半を想像することが出来る。「いや、書いたもの、悪口を云はれるどころではありません、何処でも私の原稿などは買つてくれないのを、やうくのことで或る本屋を見付けて、そこから単行本を出さうとすると、自然主義の人たちが徒党を組んでその本屋へ押し掛けて行つて、君の店ではなぜあんなものを出版するんだと、抗議を持ち込むと云ふ始末です。だからしまひには出版屋迄が手を引くやうな有様で、これには弱つてしまひました。」——それで鏡花氏は暫く逗子に佗び住まひをして、逼塞してをられたと云ふことであつた。後藤宙外が郷里の秋田県だか猪苗代湖畔だかへ隠遁したのも、多分その時分だつたであらう。聞くところに依ると、露伴氏も頗る不平で、好きな釣りに浮き身を窶《やつ》して悶々の情を慰めてゐた時代もあると云ふ。読売新聞に「心のあと」を発表してから後、氏は時代の圧迫を受けてか、或は自己の内部に情熱が尽きたのか、全く創作を断念したかに見え、京都の帝大の教授になつたりして、学者としての本領に立て籠るかの如くに見えた。

しかし、鏡花が逗子に住むようになったのは明治三十八年(一九〇五)七月のことで、自然主義の隆盛とは関係ない。露伴の「心のあと　出廬」の連載は明治三十七年で、その終わり頃から中絶していた「天うつ浪」の続編を連載し始め、ついで『日本』に短編をいくつか掲載したあと、四十一年に京都帝大教授になっているから、谷崎の記憶違いもあるが、これを自然主義の圧迫のせいにするのは無理がある。

昭和二十三年(一九四八)に刊行された正宗白鳥の『自然主義盛衰史』(『自然主義文学盛衰史』

と）は、「自然主義にあらざれば」の語を冒頭に用いている。「平家にあらざれば人に非ずと云つたやうに、自然主義にあらざれば文學にあらずと云つたやうな時代が文壇に出現した」というのだが、これは谷崎の文章の引写しである。ところがその後白鳥は続けて、「しかし、一般世間からはひどく攻撃されたものだ。擯斥されたものだ。（中略）自然主義も、低調卑俗のものと見做されていた。上田敏が京都の大学の教室で、『文壇は不良少年の手に落ちました』と云つて歎息したことを、菊池寛が、学生時代の追懐文章に書いてゐた」とか、「花袋をはじめ自然派文人に対する人身攻撃なども、盛んにあちらこちらの雑誌に現はれてゐた」と書き、あとの方では、雑誌や新聞では自然主義は威勢がよく褒められたが、つまらないので本は売れなかったと書いている。しまいには、「プロレタリア文学横行に比べると、あの頃の自然主義の力は微々たるものではあつたが、それでも、反対のロマン派の小川未明や泉鏡花は圧迫されて、原稿の売行に支障を来したさうであつた。あの頃、『中央公論』にたま〳〵鏡花の作品を掲載するについて、社長は自然派の作家に気兼ねしたさうである」とある。明治四十年三月、鏡花は反省社（中央公論社の前身）宛に、『中央公論』の付録原稿が間に合わない詫びの電報を打ち、以後四十四年二月号の「露肆」まで同誌への作品掲載はないから、気兼ねして結局載せなかったのかもしれない。とはいえ、昭和初年のプロレタリア文学が、左翼学生を巻き込んでそれこそ横暴を極めたのに比して、それよりひどかったとは言えまい。

伊藤整の『日本文壇史12』（現在、講談社文芸文庫）の第九章「田山花袋の苦闘」（『群像』一九六三年八月）は、鏡花の「受難」について次のように書いている。

泉鏡花は逗子の田越に妻のすずと二人で質素に暮していて、金があまりかからなかった。しかし次第に原稿の注文が減って生活が困難になって来た。彼は明治四十年の一月から四月まで「婦系図」を「やまと新聞」に載せた。それに続いて、同じ新聞に五月から、彼は「新小説」の仲間である登張竹風の訳したハウプトマンの「沈鐘」の訳文に加筆し、共訳という名で、五幕のうち二幕目まで載せた。ところが、それ以後ほとんど原稿の依頼がなかったので、長篇小説「草迷宮」を一冊書き上げ、四十一年の一月に書き下しとして春陽堂から出版した。（中略）技巧が空転してこの作品は甚だ理解し難いものとなり、鏡花は時代に遅れた作家だとの印象を一層強く与えた。

「草迷宮」が出版される少し前に、鏡花のところへ、泣花《きゆうか》中村武羅夫という青年が訪ねて来た。中村泣花は雑誌「新潮」のために訪問記事を取りに来たのであった。（中村に対して鏡花は）自然主義文学の跋扈に対する憤懣をぶちまけた。「自然主義の奴等が、このおれに飯を食わせない。ひどい奴等だ」と鏡花は言った。鏡花が指して言っているのは田山花袋のことだということが、「文章世界」の投書家出身なる中村泣花によく分った。

『新編　泉鏡花集　別巻二』（岩波書店、二〇〇六年）の年譜を見ると、明治四十年の後半は、確かに小説の発表は少なくなっているが、四月頃、中村武羅夫が訪れて、談話「おばけずきの謂れ少々と処女作」をとっており、四十一年一月に『草迷宮』を春陽堂から刊行、そして自然主義への反論である「ロマンチックと自然主義」の談話をとりに中村が再度訪れたのはその三月中旬と推定されている。もっとも、花袋が「蒲団」で自然主義派の頭目となったのは四十年九月以降で、四十一年の鏡花は、『婦系図』単行本は好評だし、『沈鐘』は九月に出ているし、ここで言うような圧迫に苦しんでいたというのはやや被害妄想の気味がある。

伊藤整が参考にした中村武羅夫の『明治大正の文学者』（留女書店、一九四九年）は、『草迷宮』発表の少し前に鏡花を訪ねると、

大いに歓迎してくれたが、自然主義文学の跋扈にたいしてひどく激昂して、「自然主義の奴等が（主として田山花袋のこと）このおれに飯を食はせない。ひどい奴等だ。」と眉を上げ、細い腕を撫して憤慨してゐた。それに後藤宙外は自分が編輯してゐる「新小説」に「蒲団」を掲載したのだが、その「蒲団」の一作が動機になつて、いよいよ自然主義文学の烽火が、盛んになつたのだが、そのくせ自然主義を憎むこと、蛇蝎のごとくであつた。

とあって、伊藤がほぼこの箇所を引き移していることが分かる。しかし、伊藤の記述の前半はどうだろうか。もう一つ参考文献として挙がっているのが、寺木定芳《さだよし》の『人・泉鏡花』（武蔵書房、一九四三年、日本図書センターより復刊、一九八三年）だが、これによると、「此の逗子の四年間は表面は

胃腸疾患といふ事になつてゐたんだが、今にして考へると、立派な神経衰弱の然《しか》も高度のもので、食物に対する一種の恐怖症だつた」云々とある。寺木ははじめ鏡花に弟子入りしたが、文才が乏しく、鏡花の助言で歯科医となった人だ。鏡花が強迫神経症だったことは広く知られており、この当時はそれがひどかったと見て間違いあるまい。ところが『日本文壇史』は、病気のことには触れないのみか、原稿依頼が減って生活が困難になり『草迷宮』を書き下ろしたとしているのは根拠不明だ。「沈鐘」が不評で打ち切りになったことは寺木も書いているが、それは特異な戯曲だからだろうし、自然主義とは関係ない。しかも『草迷宮』の書き下ろしには二ヵ月はかかるだろうし、『婦系図』の刊行に際しての校正等を考えれば、明治四十年の鏡花が不遇に沈んでいたとは言えず、神経症に苦しみながらも仕事をしていたと言うべきであろう。

伊藤も、谷崎が伝えた逸話に影響されているのは間違いなく、これは鏡花が谷崎に話したことだろうが、恐らく大正十三年（一九二四）に「玉造日記《たまつくり》」の山陰旅行の途次、谷崎家を訪れた時のことではあるまいか。後藤宙外は、確かに最も果敢に自然主義と戦った人で、自らが編集する『新小説』に花袋の「蒲団」を載せたのに、断わりもなく早稲田系の易風社《えきふうしゃ》からこれを含む『花袋集』が出たというので訴訟を起こして敗れ、さらに抵抗を続けた。『明治文學全集　小杉天外・小栗風葉・後藤宙外集』（筑摩書房、一九六八年）の解題には、「宙外側についてゐた小説家の代表は、紅葉の弟子の泉鏡花であるが、鏡花は春陽堂以外にその原稿を買つてくれる所がなくなり、生活にも困難をきたした、と言はれた頃である」とあるが、この文章の筆者は伊藤整である。後藤は明治四十三年十二月に春陽堂を退社、執筆活動は続けたが、大正三年五月、秋田時事新聞社長となっている。谷崎が、宙外が隠遁したのも、と言っているのは、もうだいぶ後の話である。

もっともその種のことを言ったのは谷崎が最初というわけではない。昭和二年（一九二七）六月号の『早稲田文学』に載った白石実三《じつぞう》の「自然主義勃興時代の諸作家」にも、自然主義によって「柳浪、鏡花というような大物をはじめ、名高い作家が一時に葬られて行った。露伴氏でさえ、まったく筆を絶たれてしまった。後の夏目漱石氏の作品さえ、軽文学という眼で見ていた」とある（十川信介編『明治文学回想集（下）』岩波文庫、一九九九年）。鏡花は葬られていないし、柳浪は確かに、天外、風葉らとともに消えていくが、それは世代交代がこの時期進んだということであり、漱石や荷風、復活した鷗外、また『すばる』、『白樺』、第二次『新思潮』など、一般に反自然主義と言われる各雑誌からも次々と新人が登場しているのであり、この種の文学史は、そこをひどく平面的に、自然主義が一世を風靡したがために、硯友社をはじめとする古い作家が消えていったかのように記述し、自然主義の力を過大評価している。

谷崎が、自然主義全盛のために「誕生」を『帝国文学』で没にされたと思い、神経衰弱に罹って茨城県助川に養生に行き、そこで永井荷風の『あめりか物語』を読んで元気づけられた、というのも有名な話だが、荷風は明治四十年十二月十一日の西村恵次郎宛のリヨンからの手紙で「花袋氏の『蒲団』を読んだ自分は非常に敬伏《ママ》しましたよ。すつかりロシヤの自然派式で、然も日本人の頭から出た純粋な明治の作物だと思ふ」と書いている。実際、性欲の煩悶を描くような作品は、「神童」など、谷崎にもあり、谷崎は「蒲団」とは必ずしも対立関係にはなく、その後の藤村や花袋の、平板な日常を描く自然主義を仮想敵にしていただけだろう。「蒲団」を、日本自然主義の代表のように言うのは、間違いである。また秋山は、『平凡』で主人公が初めてのセックスにおののく箇所をあまり評価していないが、私はこれまた、『田舎教師』の、娼婦を買いに行く場面と同じく、高く評価している。

＊

しかし秋山も言う通り、白鳥の『自然主義盛衰史』は、もともと自然主義派の白鳥が、その多くが物故者となったあとに、ある客観性をもって書いたものとして興味深い。かねてから、日本近代文学の「自然主義」あるいは「私小説」は、汗牛充棟といってもいいほど議論の的になってきた。今なお、小林秀雄の「私小説論」（『経済往来』一九三五年五月―八月）や中村光夫の『風俗小説論』（『文藝』一九五〇年二―五月）が示したテーゼは定説として流布しており、それは「日本の私小説においては、私が社会化されていない」とか、「藤村の『破戒』がせっかく本格的な小説として結実したのに、そのあとに出た花袋の『蒲団』の影響で、みなが自分のことを書くような小説が流行してしまった」というもので、いずれも、日本の近代小説が西洋のそれに比べて本格的ではない、という日本近代文学否定型のテーゼであった。

イルメラ＝日地谷・キルシュネライトの『私小説――自己暴露の儀式』（邦訳、平凡社、一九九二年）は、私小説を論じるというより、小林のような非論理的な評論がまかりとおってしまう日本の風土を批判するものだった。また鈴木登美の『語られた自己――日本近代の私小説言説』（邦訳、岩波書店、二〇〇〇年）は、私小説とは何かを定義することは困難で、ただ私小説をめぐる「私小説言説」があるだけだ、と突き放した。私はこれらが出た当時、日地谷に対しては、それはその通りだが、西洋にも文藝評論、たとえばジョージ・スタイナーやレスリー・フィードラーのような存在はあるのだから、日本だけがそうであるかのように言うのはアンフェアではないかと述べ、鈴木に対しては賛意を表しつつ、事実を重んじるのは武士的な精神のもたらしたものではないかと述べた（「私小説と武士的精神」『文学』一九九八年春）。

だが、いま改めて考えてみると、従来の研究は自然主義派の評論を重視し過ぎており、むしろ個別の作品が西洋の自然主義小説とどう違うのか、本来なら比較文学者が丁寧な比較考量を行なうべきだったろう。たとえば漱石の『道草』は、虚心に読めば私小説以外の何ものでもない。だが、文藝評論的直観をもって、これは私小説ではないのだ、と言われると、みなが「王様は裸だ」と言えないみたいな状態が続いてきたように思う。あるいは長塚節の『土』などは、かなり西洋のある種の自然主義小説に近く、白鳥もそのことを述べて、ただ長塚が自然主義派に属していないからそうは言われなかっただけだと言っている。また近松秋江の『別れたる妻に送る手紙』や『黒髪』連作など、「蒲団」の衣鉢を継ぐものと見えるのに、単に少々浪漫派的だからそうは言われなかっただけだとも白鳥は言っている。その通りだと思う。

しかし白鳥は、小杉天外の「はやり唄」「初すがた」などはゾライズムと呼ばれ、何かを暴露する小説だったが、自分のことを暴露するのは、花袋が「蒲団」で始めた、と書いているが、白鳥は鷗外の「舞姫」のことを忘れている。ただ「舞姫」が、女に関する自慢話であるのに対して、「蒲団」はまったく新機軸を打ち出したと言える。あるいは自己暴露的小説といえば、藤村の『新生』は当然挙げられるけれど、ほかには久米正雄の『破船』があり、太宰治のいくつかの短編や『人間失格』があり、戦後においても安岡章太郎の初期作品や、吉行淳之介の「闇の中の祝祭」などに見られる。また西洋の自然主義といっても、フランスと米国では違うし、米国ではフランク・ノリスなどがいるが、いちばん日本で広く読まれたのはシオドア・ドライザーであろう。ところがそのドライザーの『アメリカの悲劇』を、半ば翻案したとされている石川達三の『青春の蹉跌』を、誰も自然主義とは言うまい。あるいはその『シスター・キャリー』は有島武郎の『或る女』を想起させるが、これも自然主義とは言われない。

*

私小説と並んで、事実に基づいた小説として、モデル小説というものがある。これについても、西洋の小説は作家の想像力から生まれたもので、日本の小説のように自分のことを書いたりモデルを使ったりしていないという認識が広く存在している。一例をあげれば、『１９４６　文学的考察』における福永武彦の文章が、まさにそう述べて、日本の作家の想像力の貧しさを罵っている。

しかし西洋にも、自分の体験を変形した小説、モデルを使った小説などいくらもある。たとえば大正・昭和初期に日本の自然主義が崇めたのは、ゾラ、フロベール、モーパッサン、トゥルゲーネフ、ドストエフスキー、トルストイといったところだが、彼らの小説は、ただ事実をそのまま書いたのではないにせよ、おのおの何がしかのモデルはある。ただ、その当時はそういった研究が進んでいなかったし、たとえばドストエフスキーは新聞で金貸しの老婆殺しの記事を見て思いついて『罪と罰』を書いたといった「想像力の神話」が広まっていた。しかしその記事は『罪と罰』刊行直後に出たものである。

あるいは『アンナ・カレーニナ』ではリョーヴィンがトルストイ自身で、アンナの事件は、トルストイの妹の身に起きた事件をもとにしており、それが最近まで隠されてきたということが今では分かっている（藤沼貴『トルストイの生涯』レグルス文庫）。だいたいトルストイが最初に書いたのは『幼年時代』『少年時代』『青年時代』なのだから、西洋の作家は自分のことを書かないというのは随分な思い違いだし、後年になっても、『クロイツェル・ソナタ』のような、あたかも鷗外の「半日」なみの自己暴露小説をトルストイは書いているのだ。トゥルゲーネフも、『猟人の手記』に始まって、多くはそのロシヤから英国までを股にかけた交遊のなかから、小説のモデルを拾い上げている（佐藤清郎『ツルゲーネフの生涯』筑摩書房、一九七七年）。

最も本格的な小説の大家とされるバルザックもまた、リアリズム小説を書く際には、やはり当然ながらモデルがいた。アンリ・トロワイヤの『バルザック伝』（邦訳、白水社、一九九九年）を繙くなら、「周囲に目をやりさえすれば、身内やら友人やら親類縁者やらのなかに小説の登場人物を見つけられ」たとあり（六七頁）、人を紹介されれば「近々書く本のどこかで使ってやろうと虎視眈々狙って」おり（七八頁）、自分を苦しめたカストリー侯爵夫人をランジェ公爵夫人として造形し、『いなかミューズ』の主人公のモデルにされた作家のかつての愛人カロリーヌ・マルブーティは、復讐のために反駁小説を書いている（三六六頁）。

あるいはラディゲが若くして書いた『肉体の悪魔』は、ラディゲ自身が、これは「ほんとうらしさをもった偽りの自叙伝小説」だと述べているが、これが「アリス・S」という女性との情事に基づいて書かれたことは定説で、それから三十五年後、アリスの夫だったガストンという男が、これはアリスの日記と手紙をもとに書かれたものだと主張した（江口清『天の手袋――ラディゲの評伝』雪華社、一九六九年）。

当然ながら、日本の近代作家が事実に基づいた小説やモデル小説を書けば、周囲の人間にはそれが分かる。だが西洋の小説については、日本の読者にはすぐには分からない。単にそれだけのことで、多くの批評家が、日本にはダメな私小説やモデル小説があって、西洋では想像力から生み出された本格小説があると思い込んできたのではないのか。実際、西洋の作家の小説は、詳しく調べればモデルがあるが、それらを論じた日本語の書物で、全体としてモデルについて述べたものはない。あるいは彼らは貴族ないしブルジョワ階級に属し、サロンや社交界というものがあったので、小説のタネにすべきものはそこでゴシップとして数多く耳にしたのである。実業や女性関係も華々しく生きたバルザックに、書くべき材料が豊富であったのは当然で、たとえば日本の貧しい文士やら、学生時代から作家生活に飛び込んだ者に、同じことをやれといっても無茶な相談なのである。もっとも、身体疾患のために生涯女を知らなかったとされるヘンリー・ジェイムズは、その多くの作品をモデルなしで書いたようで、そのためしばしば、人工的との批判を受ける。三島由紀夫も、『仮面の告白』が私小説であることは、式場隆三郎宛の手紙の発見でより確実になったが、『金閣寺』その他、事件をネタにして想像で書いたものも多く、『豊饒の海』はまったくの空想で描いているから、人工性が際立ってみえる。しかし西洋の作家の間でも、想像力が豊かだとされる者とそうでない者とはあって、バルザックほどにフロベールやトゥルゲーネフは豊かではなかったとされている。

あるいは西洋では、生活のために小説を書く者が少なかったり、年金生活者《ランティエ》だった作家もいるから、十分な時間を掛けて作品を練り上げることができた。伊藤整も言っていることだが、原稿料を稼ぐ必要のない作家が二年も三年もかけて雄大な長編を練り上げるのと、月々の原稿料や単行本の印税で食っていかなければならない日本の作家とを比較するのが土台自家に厳しすぎる話なのである。もっともそれなら、志賀直哉や永井荷風のような資産のある作家はどうかといえば、志賀は長命を保ったわりに作品の量が少ないし、荷風も特にバルザック風に書こうとは思わなかった（もっともバルザックは金に追われて書いていたが）。ふしぎと荷風は私小説作家とは言われないが、『あめりか物語』『ふらんす物語』から『濹東綺譚』まで、私小説といえば私小説だ。生活の心配なく作品を練る条件を与えられていた作家が、私小説作家だったのである。

＊

最近、柳美里《ゆうみり》の私小説『石に泳ぐ魚』がそのなかの一人物のモデルから提訴されて最高裁で敗訴する事件などがあり、モデル小説が容易に書けなくなったという議論が盛んである。これについて、改めて考えてみたい。

『国文学 解釈と鑑賞』の一九五九年春の臨時増刊号は「近代名作モデル事典」である。そして、『当世書生気質』の主人公のモデルは高田半峰、「たけくらべ」の美登利は架空だが信如は加藤正道、『金色夜叉』は巌谷《いわや》小波《さざなみ》、云々と挙げてある。明治四十年以前は、未だ通俗小説と純文学の区別は定かではなかったから、この他数多くの「家庭小説」が、あるいは西洋小説の翻案として、または空想的なものとして存在する。紅葉の『多情多恨』が唯一といっていいほど、確たるモデルもなく、また通俗でもない長編としてあるけれど、これも西洋ダネがいずれ見つかるかもしれない。

モデル問題については、人は易々と古いことを忘れてしまうようで、近ごろはすぐに柳美里と車谷長吉《ちょうきつ》を例にあげて、人権思想の発達でモデル小説は書きにくくなったなどと言うのだが、この二例のうち前者は、一般読者にはとうてい特定できない人物の、隠しているわけではない（隠し得ない）事実の摘示をプライヴァシーの侵害として訴えたもので、特異な例だし、判決は原告が障害者であることをもって過剰に防衛的態度をとったものと私は考えている。車谷のものは、小説中とはいえ実名を挙げて事実ではない不名誉なことを書かれたという訴えで、和解しており、いずれも、典型的なモデル小説問題の例として挙げるには不適当である。

川端康成の自殺の原因について書いた臼井吉見の『事故のてんまつ』は、遺族との交渉の末提訴されて和解し、絶版としたものだが、その後、城山三郎が広田弘毅《こうき》を描いた『落日燃ゆ』について、作中人物の遺族の訴えがあって裁判となり、死者の名誉は毀損の対象とならないという判決が出ているから、臼井が今戦えば判例によって勝つだろう。福島次郎の『三島由紀夫——剣と寒紅』は、だから著作権侵害の名目での遺族の訴えになったのである。小説のモデル問題というのが最近になって出てきたかのように言うのも間違いで、昭和三十年前後もかなり問題になっていた。『文藝』一九五六年七月号の「小説とモデル問題」という、舟橋聖一らの座談会を読むとよく分かる。そこで私が仮に作ったモデル小説・モデル問題の年表を掲げる。「私小説」であっても、他人が大きくクローズアップされているものは入れた。

一九〇四年　島崎藤村「水彩画家」　丸山晩霞の抗議
一九〇七年　田山花袋「蒲団」　岡田美知代、永代《ながよ》静雄をモデルとし、美知代は当初花袋を庇ったが、のち、永代の描き方について不満を述べた。
一九〇九年　森田草平『煤煙』　平塚明子《はるこ》との心中未遂を描いた私小説
一九一三年　里見弴「君と私と」　志賀直哉が「モデルの不服」を書く

一九一九年　有島武郎『或る女』　モデルにされた佐々城信子は怒った
一九二二年　久米正雄『破船』　漱石の娘を松岡譲に奪われたと感じた久米の私小説
一九二七年　巌谷小波が『金色夜叉の真相』を上梓、自殺を計る。
一九二九年　谷崎潤一郎『蓼喰ふ蟲』　実は私小説で、妻を後の大坪砂男に譲ろうとした事件を描いている
一九三〇年　広津和郎『女給―小夜子』　作中に描かれた菊池寛が中央公論社に抗議
一九三四年　谷崎潤一郎「夏菊」　連載中にモデルの根津家から抗議を受け中絶
一九三五―三八年　徳田秋聲『仮装人物』　山田順子をモデルに描き、のちに山田が復讐のための小説『女弟子』を書いた
一九四〇年　田中英光『オリンポスの果実』　オリンピック選手をモデルにした片思い小説。特に問題にならなかった。
一九四九年　井上友一郎『絶壁』　モデルの北原武夫の抗議、対論
　　　　　　舟橋聖一『花の素顔』　モデルとされた佐野繁次郎に離婚裁判が起き、話題となる
一九五一年　宇野浩二「大阪人間」　モデルに新潟で提訴され、和解
一九五六年　谷崎潤一郎「鴨東綺譚」　連載中にモデル市田ヤエの抗議を受けて中絶
一九五七年　舟橋聖一『白い魔魚』　映画化に当たり提訴される（五九年勝訴）

一九五八年　有吉佐和子『花のいのち――小説・林芙美子』で林の前夫・岡野軍一から提訴される（翌年示談）

一九六一年　室生犀星「わが愛する詩人の伝記――佐藤惣之助」が遺族から提訴される（のち示談）

一九六一年　三島由紀夫『宴のあと』のモデルで元外相の有田八郎に提訴される（六四年三島敗訴、賠償金支払いのみ）

一九七五年　吉田喜重《よししげ》が大杉栄を描いた映画「エロス＋虐殺」に対して、神近市子の上映停止請求の即時抗告、周知の事実として退けられる

一九七七年　臼井吉見『事故のてんまつ』で川端家遺族に提訴され、和解、絶版

城山三郎『落日燃ゆ』の一登場人物（故人）のプライヴァシーで提訴されるが、七九年勝訴

一九九四年　柳美里『石に泳ぐ魚』で提訴され、二〇〇二年最高裁で敗訴確定

一九九八年　福島次郎『三島由紀夫――剣と寒紅』三島の遺族が引用された書簡の著作権侵害で提訴、福島敗訴

舟橋の『白い魔魚』は、たわいもない風俗小説だが、映画化に当たって、地方の紙問屋から、モデルにされたと訴えられ、舟橋は偶然だと主張、モデルにした事実が証明できずに舟橋が勝ってい

る。このうち重要な裁判については『別冊ジュリスト』一七九号「メディア判例百選」に載っている。

文藝評論家や新聞記者には、存外法律実務に詳しくない人がいて、車谷長吉が裁判で敗れた、などと書く誤りを犯している。また裁判となると大ごとのように思うが、そもそも刑事と民事ではまったく違うものである。刑法に名誉毀損罪と公然侮辱罪はあるが、これらが単独で適用されることはあまりない。『噂の真相』が刑事の名誉毀損で告訴されたのは、常習的と認められたため検察庁が適用したからである。民事では不法行為としての訴えになるが、そもそも民事訴訟というのは誰でもその気になれば起こせるもので、とうてい刑事の起訴ほどの重みはない。民事訴訟において重要なのは、むしろその裁判を新聞やテレビが報道したかどうかの方である。原告、被告のどちらかが有名人であれば、大きく報道されるが、そうでなければ報道しないから、勝っても負けても賠償金支払い以上のことはあまりない。たとえばチャタレイ裁判のように、刑事で敗訴しても伊藤整は東工大教授になっており、輿論が味方につけば名誉さえ傷つかない。

現に週刊誌の記事などはしょっちゅう名誉毀損で訴えられている。だからといってジャーナリズムの危機などとは誰も言わないのであり、文学に限って危機などと言うのは、文学が世間から守ってもらえる価値あるものだという奢りがあるからである。要するに、人事を活字にして口に糊《のり》している者は、作家であろうが雑誌記者、新聞記者であろうが、いつでも訴えられる危険性はあるということで、民事の裁判で敗訴したからといって悪事でも犯したかのように言うのは間違いなのである。しかも今ではインターネットがあるから、一般人でも易々と訴えの対象になるし、名誉毀損的なブログなどは多いから、これから訴訟は増えるだろう。

モデル問題が、文学にとっての危機であるなどと井口時男は書いているが（『危機と闘争』作品社、二〇〇四年）、仮に戦前は人権意識が稀薄だったからモデル問題での訴訟はなかったとしても、内務省による検閲があって発禁があったし、不敬罪や軍人誣告《ぶこく》罪もあった。単に規制を掛けてくる者が政府から個人に変わっただけであって、そんなことを言ったら古代以来、文学は常に危機だったことになってしまうだろう。谷崎潤一郎もたびたび発禁を食らっているが、戦後になって、今度は自由に書けると思ったら、『鍵』連載中に、猥褻文書ではないかと国会で問題になり、告発もあるという噂があって、谷崎はその後の展開で当初の構想を控えめにし、その結果、出来ばえに自信がないと言っている。柳美里にしても、むしろ実名私小説である『命』四部作のほうが、客観的にみてプライヴァシー侵害になっており、一般的には訴えられる危険性の高いものである。なお、作家が自分の過去の恋愛を描いて、相手から提訴された例を、日本では私は知らない。

＊

広い意味でのリアリズムで小説を書こうとすれば、無から作り上げ、私小説やモデル小説を避けるというのは難しい。白鳥は『自然主義盛衰史』の後半で、藤村の作品を詳しく論じ、『家』で、お種の視点から描かれるところになると、三吉＝藤村自身を離れるから、その辺の描写には苦渋の跡があり、ひからびているとしている。そこに、藤村の空想の力創作の才の乏しさを見ることができると白鳥はいっている。谷崎の『鍵』の主人公は大学教授だが、大学での風景は描かれていない。谷崎が大学で教えたことがないからである。これに対して、漱石、伊藤整、丸谷才一などの学者、教師経験者が、大学や学者世界などを描くと、やはりリアリティーがある。もっとも、丸谷の『たった一人の反乱』から後の長編小説に出てくる女たちは、素人であってもみな水商売の女のように見える。一九八〇年代の若い女性学者を描いた『輝く日の宮』では、もちろんなるべく学者らしく描いているのだが、男との関係のあり方など、どうも玄人っぽい。これは丸谷が、最近の若い素人女性と接触する機会があまりなく、水商売の女性を多く知っているからではないかと思われる。

久米正雄は、私小説こそが純文学であって、ゾラもドストエフスキーも通俗小説だと言ったことで知られるが、これは大正十四年（一九二五）の「私小説と心境小説」である。しかし久米自身はその当時純然たる通俗長編の作家で、ただ『破船』と、その事件の当時書いた、松岡譲への恨み言を述べた、小説とも随筆ともつかないものがいくつか、「私小説」と呼べる。久米がそう言ったことは、今ではある文学史的な事実でしかないかのように捉えられているように思うが、実のところ私自身は、『赤と黒』や『アンナ・カレーニナ』は、主人公たちが美化されている点で、やはり通俗的ではないかと思っている。

私は若いころ小説を書こうとして、自分はあまりに社会を知らないのでとうてい書けないと思ったことがある。その後、歴史小説なら書ける、と思ったこともある。南條範夫は、経済学の学者から五十近くなって歴史小説作家になったが、歴史小説を書いた理由を、社会のことをあまり知らないので、歴史小説ならほかの人も知らないから調べれば書けるからだと話していた。確かに、歴史小説にも上手下手はあるが、たとえば作家が自分の知らない世界についての現代小説を書いて、その世界の人から、違うと言われるようなことはない。探偵小説も、トリックを中心としたものであれば、おおよそは現実には起こりえないことを描くから、特に人物を描くことに腐心する必要はないし、ＳＦ、ファンタジーではなおさらのことである。だから、探偵小説やＳＦには、しばしば類型的なヒロインが登場する。あるいは、明治の「家庭小説」や、菊池寛の『真珠夫人』以後の通俗恋愛小説の類は、類型的に人物と背景を設定しておけばよいから、それ相応の空想力によって描ける。しかし恋愛小説がある程度以上の深みをもって描かれるためには、やはり作家自身の経験プラス見聞を必要とするだろう。

たとえば私は大学や学者の社会を知っているので、そういう社会を、学者の経験のない作家が書くと、やはりリアリティーの欠如を感じずにはいられない。南條もまた大学教授だったから、その気になればその内情を描くことはできただろうが、それはしなかった。そして代わりに武士の残酷物語を描いたが、ここには学者社会の残酷物語が投影されていたはずだ。それだけに、半村良《はんむらりょう》のように、多くの職業を転々とした人物は、基本的にはＳＦ作家だったが、市井《しせい》ものを描いても独特のリアリティーがあった。

要するに、同時代の社会の一断面を、通俗にならずに描くためには、何かしらの「タネ」が必要なのである。

＊

では、私小説作家、自然主義に分類されていない日本近代の作家は、何を描いたか。逍遙の『当世書生気質』は、人情本の体裁だし、唯一のリアリズム小説「細君」は、やはり自身の体験を描いている。樋口一葉、尾崎紅葉、泉鏡花、徳冨蘆花は、前近代文藝、西洋小説を組み合わせて小説を書き、紅葉の『多情多恨』などは名作だが、一葉が長生きしていたら、通俗な家庭小説を書いていたかもしれない。小栗風葉『青春』、小杉天外『魔風恋風《まかぜこいかぜ》』は当時声望高かったが、いま見れば、当時の風俗を窺《うかが》う資料として価値はあるが、通俗である。風葉「恋ざめ」は自然主義に近づいたものだ。

夏目漱石はどうか。『吾輩は猫である』は、漱石自身と周囲の人物をモデルに、猫の目からこれを描くという変則小説で、『坊っちゃん』は、松山中学在任時の経験を背景に、東京帝大と一高勤務の際の不快を描いたものとする説もある。『草枕』の那美は、熊本時代に知った前田案山子の娘がモデルとされている。だが漱石の作品は『三四郎』から以後、妙なリアリティーの欠如を抱え込むようになると私は考えている。『こゝろ』はいかにも拵《こしら》え物の感が強く、既に指摘されている通り、Kの自殺の原因を静とその母が気づかないのが不自然だ。『行人』は漱石自身の不安神経症を後半から用いているが、やはり全体に「小説」ではないだろう。『明暗』はヘンリー・ジェイムズの『黄金《こがね》の盃』を下敷きにしているとされるが、谷崎潤一郎が「藝術一家言」で批判した通り、不自然な点がいくつかある。『彼岸過迄』は、漱石の娘の夭折を取り入れているが、みごとに作品が空中分解している。

だが、漱石最大の謎は『それから』である。漱石は、近代日本の作家のなかでは、もっとも多量の研究がなされており、伝記も作品論も書かれるだけ書かれている。だが、『それから』は、そのモデルも、ネタもまったく分かっていない。ないからであろう。第一に、小説の前史たる、長井代助が三千代の兄から、趣味の審判者《アービター・エレガンシアルム》であってくれ、と言われたので三千代を諦めて友人に譲ったという話自体が、およそ現実味がない。そのうえ三千代が、最後に「何故棄ててしまったんです」と言うに至っては、まったく支離滅裂で、この小説の後半は、まるで夢の中の出来事のように見える。そもそも漱石という作家は、同時代の他の作家に比べて、自己暴露小説を書かず、「性」を描かなかった。鷗外ですら、「舞姫」「半日」『ヰタ・セクスアリス』を書いているというのに。

あれだけ多くの小説を明治四十年代に書いていて、この内容健全な仕事ぶりは漱石だけ（しいてほかにあげれば小川未明）であり、だからこそ漱石は文壇の異端であって、「近代化した馬琴」と呼ばれ、一般市民からは模範的作家として愛読されるに至ったのである。漱石の「恋人」探しというのは随分なされているが、結局のところ、淡い思い以上のものは見出されていないし、実事に至った痕跡もなく、漱石が遊廓で遊んだ形跡もない。鷗外とはえらい違いである。鷗外は、最初の結婚と二度目の結婚の間の十一年の独身時代に妾を囲っていた。もしかすると漱石は、妻以外の女に触れたこともないのではないかと思えるほどだ。だから谷崎潤一郎はデビューしてすぐ、漱石生前に「『門』を評す」を書いて、十年近く夫婦をやっていて琴瑟《きんしつ》相和しているなどということがあるものかと書いたのである。

かつて、漱石は女が描けないというのが常識だった。それが、この二十年ほどで評価が変わったが、漱石は女が描けないというより、恋愛が描けなかったのである。確かに漱石は、数多くの英国・米国の小説を読んで、恋愛の心理は十分に摑んでいる。なかでも、メレディスの『エゴイスト』を始めとする作品は、漱石に大きく影響しているが、やはり拵え物だから、『門』や『明暗』の不自然さが、谷崎にはよく見えたし、所詮は頭で考えた恋愛心理に見える。そこがヘンリー・ジェイムズに通じるところであって、しかしやはり西洋の作家のほうが筋道は立っている。先に述べたとおり、推理小説や通俗恋愛小説の類は、一人の作家が夥しい量を書くが、それはこれらの小説では、トリックや筋立てを構想すればいいからだ。

芥川龍之介は、前期は古典や典拠に基づく寓話的小説を書いたが、後期になって志賀の影響で自分のことを書くようになったし、菊池寛も歴史に取材した短編を書きつつ、通俗小説を書き、「無名作家の手記」や「啓吉もの」のような私小説を書いた。横光利一と伊藤整は、自覚的に、西洋風の本格小説を書こうとしたが、横光はその評価が今なお揺れ動いており、伊藤の後期の『氾濫』などは、漱石の『明暗』の衣鉢を継いで興味深いが、やはり拵え物に見え、かえって私小説的な『若い詩人の肖像』や『鳴海仙吉』のほうが、読むに耐える。宮本百合子が私小説『伸子』を書いたのに触発されて野上弥生子は『真知子』を書いたが、作り物だから通俗になってしまった。

谷崎潤一郎は、昭和二年、芥川との論争を惹起した「饒舌録」で、最近は小説でもうその話でないと面白くない、と書き起こしている。これは既に芥川が谷崎の小説に難を言ったのを見て書いているから、当時の芥川が崇拝していた志賀直哉への嫉妬心も手伝っていたのではないかと思う。谷崎はその二年後には、まるきり自分の身の上に起こった離婚事件を『蓼喰ふ蟲』に書いているし、『細雪』などは、谷崎自身を蒔岡貞之助に変えて抹消したほかは、だいたい森田家四姉妹に起きたことをそのまま描いたものである。

大体において、作家はその出発期に、自分自身の体験を小説にすることが多い。鷗外「舞姫」がその先駆的なものだが、自然主義以降は、志賀、里見、広津和郎、佐藤春夫、室生犀星、川端康成、田村俊子などがあり、戦後になっても、三島『仮面の告白』、大岡昇平、安岡章太郎、遠藤周作、吉行淳之介から、村上龍、中上健次、津島佑子あたりまでそうである。石原慎太郎「太陽の季節」は、弟裕次郎の生活ぶりを描いたものだ。虚構から出発したのは、中島敦、中村真一郎、丸谷才一などがいる。大江健三郎は虚構的な作家だったが、『日常生活の冒険』は義兄の伊丹十三をモデルにし、『個人的な体験』は変形された私小説である。

＊

一九六一年に起きた「純文学論争」は、実際は松本清張や水上勉の推理小説の評判がよく、文壇でも褒める声が多かったことから、大岡昇平の連載「常識的文学論」が攻撃の矛先を向けたのが実は発端だったのではないか、と福田恆存は総括している。そして大岡ほどに、虚構であってかつ純文学であるとはどういうことかという問題に終生とらわれ続けた作家もいないだろう。大岡自身はむろん、スタンダール流のものを本格小説だと考えていた。だが実際に大岡が成功した作品の多くは、『俘虜記』のような実体験に基づいたもの、あるいは『レイテ戦記』のような実録だった。『武蔵野夫人』や『花影《かえい》』は私には成功しているとは思えないし、『花影』は、大岡の愛人だった坂本睦子を描いたモデル小説だが、肝心の大岡との関係という、いちばん描かれるべき事柄は描かれず、その点に高見順が非難を浴びせている。大岡はある意味で、「皮剝の苦痛」と言った田山花袋から最も遠い作家だっただろう。

川端康成の位置は微妙である。初期においては、小山初代との婚約破棄事件に取材したもの、体験に基づいた「伊豆の踊子」「十六歳の日記」などを書いていた川端だが、「掌の小説」では多く幻想的な作風を示し、『雪国』は一見実体験に基づいているようであり、事実越後湯沢に遊んではいるが、川端自身の影は、島村からは拭い去られている。川端はふしぎなストーリーテリングの才能に恵まれていたので、数多くの虚構的長編小説を書いたが、『伝記　川端康成』(六興出版、一九七六年)で進藤純孝《じゅんこう》は、それらを通俗小説として片づけている。また伝記に不明な点があり、『山の音』や『眠れる美女』が、どの程度川端の実体験と関わるのか、よく分かっていない。

私小説が純文学の代名詞だった時代は、一九七〇年代には過ぎ去りつつあり、八〇年代には、蓮實重彦が『小説から遠く離れて』(日本文芸社、一九八九年、のち河出文庫)で指摘したような、ファンタジー風の、似たような骨格の作品がいくつか書かれた。井上ひさしの『吉里吉里人』、丸谷才一の『裏声で歌へ君が代』、村上龍の『コインロッカー・ベイビーズ』、村上春樹の『世界の終わりとハードボイルド・ワンダーランド』など、SF風の長編が評価されたが、蓮實はこれらが、説話論的に同じ構造を持っていると指摘した。しかしこの頃から、出発において私小説を書こうとする新人は減った。その一方で、私小説作家とはされていない三島の名を冠した賞を、九一年に佐伯一麦《かずみ》が、九三年に車谷長吉が受賞して私小説は見直されたが、以後十年以上、自己暴露型私小説は車谷の専売のようになっており、近年、ようやく西村賢太のような新人が登場した。

「私小説」はあまりにこの三十年ほど悪く言われすぎてきた。むろん、自分のことを書けばいいというものではなく、その質は問われるのだが、たとえば川端康成賞受賞作でいえば、田久保英夫の「辻火」(一九八五年受賞)は優れた私小説だが、上田三四二《みよじ》の「祝婚」(一九八八年受賞)などは、文章の善し悪し以前の、悪い意味での身辺雑記私小説の代表のようなものだろう。そうではない、「皮剝の苦痛」を伴うような私小説の勧めをそろそろ言挙げしてもよいのではないか。

作家になる方法とか小説の書き方とかいう本は、今ではたくさんあるが、私が高校生から大学生の頃、作家になりたくて、しかし一番困ったのは、ファンタジーやSFではない小説の「筋」が思いつかない、あるいは書いても不自然になるということだった。そして多くの小説入門は、この困難を解決してはくれない。ならば、練習のためでもいいから、私小説を書くように勧めればよいのだ。むろん、それで新人賞がとれるかどうかは分からない。だが、いきなりバルザックのような真実味があって多くの人物が現われる小説を書こうとしても無理だし、短編で味わいのある虚構を作るのは、下手をすればそれ以上に難しい。花袋のいう「皮剝の苦痛」を押して、いちばん不快だった経験を小説にしてみればいい。かつて私小説があまりに流行したため、今ではその反動で、私小説が評価されなさすぎるのではないか。

私は、『石に泳ぐ魚』裁判のような特異な例によって、羹《あつもの》に懲りて膾《なます》を吹くように、私小説やモデル小説に手を染めることを、作家が尻込みしたり、編集者や出版社が萎縮することを恐れる。その意味で、大江健三郎が、義兄伊丹十三をモデルとして、『取り替え子《チェンジリング》』以後の果敢な小説を書いていることは、大きな励ましであり、かつて大江が、「見るまえに跳べ」で引用したオーデンの詩の「危険の感覚は失せてはならない」という一節にエッセイで触れていたことと思い合わせて、ノーベル賞作家の名声を危険に晒しつつ進んでいることに驚異を覚える。また南アフリカのノーベル賞作家クッツェーにせよ、最も優れた小説とされる『恥辱』は、それまでの作とは一変したリアリズム小説である。

小説に描かれるべきリアルなものは、まだ残っているどころか、むしろ増えているはずだ。ノンフィクションやルポルタージュ形式では掬い取れないものがある。だから、敢えて、私小説やリアリズムを、私は擁護したい。

# 大岡昇平幻想

作家・大岡昇平は、一九八八年十二月二十五日、昭和天皇に先だつこと二週間、七十九歳で世を去った。晩年の大岡は、まるで文壇のご意見番か水戸黄門のごとき存在で、一九八〇年、八二年、八五年の三回にわたって『文學界』に連載された「成城だより」は、そのご意見番が昨今の文学およびその周辺に対して裁決を下す場として、いささか今の金井美恵子の「目白雑録《ひびのあれこれ》」(『一冊の本』連載、途中まで朝日新聞社刊)のように注目されていたものだ。『成城だより』は現在、講談社文芸文庫に全三冊で収まっている。一九八二年三月から連載が始まった「成城だよりⅡ」の、同年三月二十一日の項に、「柄谷行人「中央公論」三月号の丸山圭三郎『ソシュールの思想』を書評してゲーデルの「決定不可能性」なる字を頻発す」とある。助詞が変なので、これでは『ソシュールの思想』が『中央公論』に載ったようだが、もちろん載ったのは柄谷の書評のほうである。ここから改めて数学の勉強を始める七十三歳の文豪の姿が、当時学生だった私らにまで崇高に見えたものである。「成城だよりⅢ」では、八月四日、『海燕』八月号で吉田凞生《ひろお》による紹介で、『成城国文学』にる。

載った小森陽一と石原千秋の『こゝろ』論を知り、成城大学教授山田爵《じゃく》に頼んで同誌を持ってきてもらい、小森論文を読んで「離れ業には驚倒せり。けだし客観描写なき「物語」のテーマ読み取りとして、最も果敢、かつ秀抜なるものならん」とあるのは、今や天下の小森陽一が弱冠三十歳、あたかも同人誌に載せた小説が芥川賞候補になるくらいの大抜擢だったろう。

　閑話休題として、大岡没後二年の一九九〇年十一月、岩波書店の同時代ライブラリーから、新編集の大岡『歴史小説論』が出て、確かその年末カナダから帰国した私はすぐに買い求めて一読したはずだが、解説が蓮實重彦というあたりに豪華感を感じていたのは間違いない。おおよそは、『歴史小説の問題』（文藝春秋、一九七四年）に重なるが、それに鷗外の『堺事件』批判の論文を付け加えたもので、底本は岩波の『大岡昇平集』である。しかしその最後に置かれた「文学表現の特質」は、その『大岡昇平集14』の巻頭に置かれたものだが、やや異様な文章である。これは一九七五年の『岩波講座　文学1』に書かれたもので、『大岡昇平集』以前に単行本に入ったことはないようだ。大岡の文章としてはひどく硬く、あまり出来のよくない大学教師の文章のようなのだが、その最後のほうで、文学は資本主義の中で変質し云々と書かれたあとに、「しかし文化大革命が人間改造に成功した場合の中国のような理想社会、または作家と読者との分離が進んでいない第三世界においては、文学が自由な労働になる可能性があるだろう」とある。毛沢東と周恩来が相次いで没し、四人組が逮捕されて文化大革命が紛れもなく終焉を迎えるのはその翌年のことだが、七五年当時なら、既に文革は失敗したものと大方は見なされていた。しかしこの「人間改造」という表現には、何やらザミャーチンやオーウェルが予言風刺したスターリニズムの臭いが漂っている。

大岡が「左翼的」な作家であることは、誰しも先刻承知だろう。だが何となく、「ゴリゴリ」の左翼ではなく、リベラル派の、藝術院会員への推薦を「捕虜になった過去があるから」という婉曲な言い回しで断わるような、柔軟な左翼的作家だと思われており、それがまた私らのような八〇年代の学生の心酔を引き起こしたのだ。当時私は友人と、そんなに偉い文学者がいるか、と話していて、大岡昇平がいる、と私が言い、友人が「うーん、大岡先生はねえ……」と答えたなどという青臭い記憶を持っているが、八五年八月号の『文學界』での戦後文学をめぐる座談会は、中野孝次《こうじ》と柄谷行人の罵り合いになり、中野が「馬鹿野郎」と叫んだが、翌月の柄谷は大岡との対談ではしごくおとなしく、大岡が、柳田國男は官僚だから嫌いだなどと放言するのに対して、いえ、そういうことではなく、などと礼儀正しく返答していた。

大岡はしかし、いま引いた文革をめぐる一節のように、その左翼性を「ゴリゴリ」の形で剝き出しにすることがあった。その発端が、『蒼き狼』論争である。これは、井上靖がチンギス・ハーンを描いた中編歴史小説『蒼き狼』に、一九六一年、『群像』に連載された「常識的文学論」の第一回で大岡がケチをつけたもので、井上の反論と、山本健吉らの文章は、まとめて『戦後文学論争』(臼井吉見監修、番町書房、一九七二年)の下巻に載っている。先に結論を言ってしまえば、大岡は民衆史観と社会主義リアリズムを信奉しているから、征服者チンギス・ハーンを英雄視するような小説に我慢がならなかっただけである。しかし不思議にも、『戦後文学論争』で総括文を書いている高橋春男は、そんなことは一言も書いていない。ところが大岡は、そういうことを常にはっきりとは言わない。井上は那珂通世《なかみちよ》の『成吉思汗実録』を歪曲しているからその憤懣に堪えずやったのだとか、狼はモンゴル族にとっては家畜を損なう獣だからそれをチンギス・ハーンが自分の象徴とするのはおかしいとか、細かいところを突つき、井上が、では歴史小説は自由に空想して描いてはいけないのか、と礼儀正しく反論すると、その三月号で大岡は、突如居丈高になって激しい口調で井上を痛罵し揶揄し、井上は以後沈黙してしまった。大岡は「なおまさかと思つていままで気がつかなかつたが、氏は「頭口を害う狼」を滑稽にも「頭を害う山犬」と書いていた。頭口は明初《みんしょ》の俗語で、牲口即ち家畜で「頭」とはなんの関係もない。こうかん違いしていては無視するのは当然で、文句をつけた私が野暮だつた」と、二歳年上の井上を漫罵している。

井上靖の「歴史小説」が、純文学のように見せかけて実は甘いロマンティシズムを持っていたことは今日では常識だが、むしろそのことは当時から分かっていて、湯地朝雄は大岡を批判して、「『蒼き狼』批判にしても、井上をやっつけることが先に立って、歴史小説論にも文学論にもなっていない。（中略）『蒼き狼』の成吉思汗像およびそれを通じて窺える作者の人間観・歴史観が全くチャチなものであることは、わざわざ種本とひき比べてみなくてもわかることである」（「『常識的文学論』批判」『新日本文学』一九六二年二月）としているのが、いちばん肯綮に中《あた》っていよう。大岡の没後、曾根博義は、『蒼き狼』論争は大岡の圧勝であり、井上はそれ以後大岡の指摘通りに歴史小説の書き方を改めたというのが通説だが、果してそうか、と問うている（「『蒼き狼』論争をめぐって」

『新潮』一九九七年一月）。大岡が勝ったように見えたのは、その口汚い罵倒を前に井上が沈黙したからであり、大岡はそれからも偏執的に『蒼き狼』を攻撃し続けた、と曾根が論難するのにはまったく同意するが、『戦後文学論争』が、大岡のこの口汚さに触れていないのは、生前の大岡の威光がいかに強かったかを示していよう。

この一九六一年から六二年にかけての大岡は、どうかしていたんじゃないかと思えるほど、あちこちに論争を仕掛けては罵詈雑言を発している。「常識的文学論」では大衆文学批判に乗り出し、最終回では松本清張批判を行ない、松本は反論しているが、この時大岡は、「流行作家の偽善的な情事告白小説、老大家の老人性自慰小説がトピックである文壇の現状は、『蒼き狼』が叙事詩的歴史小説の傑作だった去年の十二月よりましとは言えない」と、『中央公論』十一月号から連載の始まった谷崎潤一郎の『瘋癲老人日記』に絡んでいる。もっともあとまで読んで反省したのか、「大衆文学再批判」（『群像』一九六二年七月号、『大岡昇平全集』第十五巻、筑摩書房、一九九六年）では『瘋癲老人日記』を褒めている。ところがこの文章のなかで海音寺潮五郎の『二本《ふたもと》の銀杏《ぎんなん》』を伊藤整と平野謙が絶賛したのに嫉妬したのか、難癖をつけ、『群像』八月号に海音寺が反論を載せ、大岡の再反論、海音寺の再々反論の三本が一挙に載るという、昨今の文藝雑誌には見られない論争になったのだが、これはどうも世間では忘れられているようだ。海音寺は「汁粉屋の異議」と題して、大岡の批評が、小説がまずいとか文学的価値が低いとかいうなら仕方がないが、あそこの汁粉屋では砂糖のかわりにズルチンを使っていると言われたら堪らない、と反論し、「大岡氏のようになんにも知らないくせに、間違っている間違っていると、人を罵倒する人にはじめて会って、あいた口がふさがらないでいる」と、史実についての大岡の見当違いの論難に答えているが、大岡は「慢心を去れ」で「いまからでもおそくはない。慢心を去り、謙虚に歴史を見直すがよい」などと書いている。海音寺は「エリート意識による妄想」でこれに答え、「何の根拠もない漫罵をされて恐れ入つていよとは、思い上りもほどほどにするがよい。一体、大岡氏は何の権利があつて、客観的には何の根拠もない罵詈雑言を敢てするばかりか、かえつてこちらを咎め立てするのだ。封建大名にでもなつたつもりか」、「氏は大衆作家が何を知るものか、何を生意気なことを言うのだと、軽蔑し切つている。読みもせず、あるいは読んでも、大衆作家ならこれくらいの量見で、これくらいのことしか書かないはずだと勝手な判断をしているのもそのため」、「しかし、大岡昇平氏つて、自ら任じているほどえらい人ですかねえ」と書いている。

大岡は恐らく本当に、大衆作家海音寺がそんなにものを知らないだろうと高を括っていたようで、だからこれは大岡の分が悪い。だから論争史に載っていないのかもしれない。『蒼き狼』論争の際も、大岡は井上が『元朝秘史』を捩じ曲げていると批判したのに対して井上が、『元朝秘史』も史実とは言えないだろうと反論したのに対して、大岡が、『元朝秘史』が史実だなどとは言っていない、と言い返したのは、明らかに自分の誤りに気づいたのだと曾根は書いているが、海音寺相手になると、もうはっきりと、大岡は自分の間違いに気づきながら強弁を続けている。

それにしても最近では、本当に学殖のない大衆作家がごろごろいるから、むしろ今大岡昇平がいてそういう手合いを漫罵してくれたら良かったのにと思わないでもない。はっきりと年次を書いた時代小説で、三代将軍が死んだことが書かれておらず、後継者もいない武士が「引退」するようなものが直木賞をとって、私がケチをつけても、実際にその大衆作家は無知だから、論争になどなりはしないのが今の状態である。

ところで海音寺の代表作『平将門』（一九五四―五七）にも大岡はケチをつけているが、のち自ら短編「将門記《しょうもんき》」を書いた。しかしこれは小説ではなく、史料『将門記』を論評する評論である。またここにははっきり民衆史観が現われていて、それなら海音寺の描くロマンティックな将門が気に入らなかったのも無理はないのだが、大岡が奇妙なのは、自分は民衆史観を信奉しているから、それに参加しない歴史小説は社会主義リアリズムに反するから認めないと言えば済むところを、あれこれと細部をあげつらって、民衆史観を隠蔽しようとするところにある。そしてまた不思議なことに、大岡の歴史小説に関する論争の類を論評する人も、どういうわけかこのことをなるべく避けようとするのである。たとえば『成城だよりI』には、菊地昌典《まさのり》と尾崎秀樹《ほつき》の対談『歴史文学読本』（平凡社、一九八〇年）に触れて「私が空想による歴史小説を全然認めていないようにいわれているのは、少し迷惑である」とある。これは同書の以下のような部分である。

菊地　大岡さんと井上さんの『蒼き狼』論争は、そのあたりがそもそも食い違ってきているんです。どちらが歴史小説かなんていうことじゃなくて、もっと次元を離れた、哲学の問題みたいなものじゃないかと思うんですね。
尾崎　人間観、世界観みたいなものの違いになってきちゃって、歴史哲学観の違いかもしれないけれども、歴史小説観の違いではなくなっちゃうような、そういう次元ですね。
菊地　ですから、『蒼き狼』論争についての井上さんの考え方というのは、なぜ歴史にイマジネーションを加えてはいけないのか、文学は文学としてあるんじゃないかという、ある意味では、言葉は適当ではないけれど居直り的な発言ですよね。

菊地は元スターリニストで、社会主義リアリズムの信奉者だから、ここで「居直り」と言うのだ。大岡をめぐる歴史小説論争は、実際にはイデオロギー論争なのにそうではないかのように装う傾向が常にある。始めの井上に対する批判以来、大岡は「史観」のない歴史小説はいかんと言いつづけ、海音寺は「終局のあろうはずのない歴史に性急に特定な史観をあてはめることの無意味かつ誤りである」ことを指摘している。私の考えは海音寺と同じで、「史観」などというものはなくてもいいという考えで、史観などというのはヘーゲル歴史哲学から、マイネッケ、クローチェらが発展させた理論で、空理空論だが、今なお、歴史学界では、鎌倉時代は権門体制かどうかなどと鍔迫り合いをやっている。いったいなぜ一つの時代を一つの語で纏めなければならないのか、実のところ私には理解できない。最近では「歴史の終わり」などと言う哲学者がいるが、これも空理空論で、では今進行しているのは何なのですかと問いたい。もっとも可笑しいのは、大岡はのちに本多秋五《しゅうご》と対談した際（「歴史と歴史小説」『群像』一九七四年七月）、最後に「歴史というものが、そもそも結論を拒否しているんだから。（笑）」などと、海音寺の口まねのようなことを言っている。

むしろ大岡には、あなたは民衆史観以外のものを認めないのだろう、と言うべきだったろう。ただ、一九六一年頃では、知識人の世界で「俺は民衆史観など奉じない」と言うことは難しかったかもしれないが、一九八〇年代にもなれば、言えただろう。先に触れた曾根が、それを指摘していないのが、私には疑問だ。それを言いかけたのが、芳賀徹である。芳賀は保守派の学者で、民衆史観を嫌い、司馬遼太郎を高く評価しているが、『中央公論』一九七四年七月号の鼎談「歴史小説の周辺」で、大岡、前田愛、芳賀が話している。ここでは大岡が菊地昌典が連載を始めた「歴史小説とは何か」に触れて、歴史学者は歴史小説を批判すべきではないか、と言い、やはり少々は左翼がかっていた前田が、「支配者だけではなくて、抑圧されるものからのまなざしというものを、どこかに書き込んでいかなくちゃいけない」と言い、司馬の『坂の上の雲』を批判する。芳賀はさっそく乗り出して司馬擁護の論陣を張るのだが、この鼎談は、明らかに芳賀と大岡が対立しているのに、それを表に出すまいとしているから、実におかしい。芳賀が徳富蘇峰を褒めれば大岡は服部之総《しそう》を持ち出し、大岡が中央公論社の『日本の歴史』の物語的な記述を批判すれば、芳賀は左翼の色川大吉を持ち出し、大岡は芳賀の渡辺崋山覚書『優しい旅人』を褒めてみたりと、六十五歳の文豪と四十三歳の東大助教授が、ううう—と睨み合いながら噛みつかずにいる二匹の犬のようである。最後に芳賀が、日本人はみな同じ言葉を喋って、と言うと大岡が、薩摩の言葉は江戸へ来たら通じなかったろう、と言えば芳賀が「西郷と勝は談判できるでしょう。（笑）」と返し、大岡が「西郷と勝は、両方ともインチキな野郎だからね、それはできますよ（笑）」とわけの分からないオチをつけるといった具合である。

そのあと、『月刊エコノミスト』十月号で大岡は菊地昌典と対談し（「歴史・文学・自然」『大岡昇平対談集』講談社、一九七五年）、芳賀が『坂の上の雲』を「歴史家の穴へ攻め込んだというような見識のないことを歴史家がいうんで、びっくりしたんですが、あなたの同僚ですね」と芳賀を攻撃している。大岡はここで、東大の『教養学部報』一九七二年十一月に、芳賀、平川祐弘、鳥海《とりうみ》靖（日本史）、木村尚三郎《しょうさぶろう》、井上忠（哲学）が『坂の上の雲』を礼賛する座談会をやっているのに触れて、「それであなたが活発にお書きになる理由が、やっと僕はわかったんですがね。『紀要』の座談会で持ちあげられちゃ、ちょっと頭へきますね（笑）」と言っているが、正確には紀要ではなく学部報である。この座談会では平川が司会をしているが、割に静かな司会者で、最後に、「問題になるのはやはり資料の出典が明示されていないことですね。どのような資料を読んでこのような結論を出したか、その推理の過程がはっきり示されない限りは歴史学とは呼べないように思います。そのような典拠が示されていないと『坂の上の雲』それ自体が日本民族にとっての新しい神話に化さないとも限らない」と発言している。大岡はこの座談会は読まなかったようだが、読んで平川のこの発言を見たら何と言っただろうか。

芳賀との対決と同月の『群像』では、大岡は先に触れた本多秋五との対談を行なっているが、こちらは気心の知れた同士といおうか、最初からルカーチの『歴史小説論』の話で、「歴史全体の中でその人間がとらえられていなければならないというのが、ルカーチのセオリーですね」とか、「ルカーチの理論、つまりフランス大革命以後人間と民衆というものが認識されて、歴史小説というジャンルが生まれたという理論は動かないと思うんだ」などと大岡は言っているのだが、それでは井上靖であろうが海音寺であろうが気に入らないに決まっている。しかし不思議と、大岡はあれだけ山本周五郎や海音寺を批判しておきながら、司馬に噛みついた様子がない。やはり左翼の加藤周一は、『日本文学史序説』で司馬も批判しているが、大岡は、司馬とは一度対談しており、そこでは軍隊経験の話しかしていない（『潮』一九七二年四月号）。というのは、司馬の「非民衆史観」がいかに気に入らなかろうと、とうてい井上の時のように、明初の俗語を知らないといった細部の知識で司馬をやっつけることはできないからだが、菊地との対談ではしかるべく『坂の上の雲』を批判している。むしろ司馬自身と徹底論争をした方が健全だったかもしれない。

しかし、だいたい大岡が標的を向けるのは保守派の批評家で、芳賀しかり、佐伯彰一しかり、江藤淳しかりである。一九六二年の佐伯との論争は恐るべき泥仕合で、大岡はいったん謝ってから、佐伯が保守派の雑誌『自由』に匿名で書いた文章に気づいて罵声を浴びせている。もっとも保守派でも、福田恆存のように文壇づきあいがあれば黙っているようだ。その辺のことは、六一年末、平野謙が短文で、純文学というのは歴史的概念だ、と書いたことから始まった「純文学論争」の総括で、その福田が実に辛辣に書いている（「文壇的な、余りに文壇的な」『新潮』一九六二年四月号、前掲『戦後文学論争』所収)。福田仮説では、純文学論争は平野謙と伊藤整の論争のように思われているが、火をつけたのは大岡で、既に「常識的文学論」で大衆文学批判をやっていた大岡に呼応して、伊藤が「「純」文学は存在し得るか」を書いたのだというのだが、ここに面白いことが書いてある。大岡は、「自分の小説が正当に評価されない事から、この世には天ばかりでなく地も地下もある事を悟つて、「身体が汚れるのもいとはず、英雄気取りで、化物退治に」地下のA円に降りて行つたのに過ぎない。その証拠に、『花影』が新潮社文学賞を貰つたら、さつさとD円に引揚げてしまひ、張本人であつた事を忘れて、遠巻きに新聞の匿名欄あたりで弥次《ママ》を飛してゐるらしい」。

『花影』は、八年近く大岡の愛人だった坂本睦子の自殺後、彼女をモデルに書いたものだが、睦子との情事の顛末はほとんど書かず、別れてからあとのことを書いたもので、睦子と妻との板挟みになって苦しむ大岡の内面という、もっとも書くべきことは書かれなかった。これはまさに「切盛」であろう。大岡は、大衆文学を批判しつつ、自分でも推理小説、恋愛小説を書く。それらは他の大衆文学とは違うと考えているのだろう(なお一九六二年頃は、「大衆文学」というと歴史時代小説のことで、探偵小説はこれとは区別されていたから、大岡も別のものとして書いている)。

坂本睦子は、友人だった白洲正子が、自殺直後の一九五八年『文藝春秋』八月号に「銀座に生き銀座に死す——昭和文学史の裏面に生きた女」という追悼文を書き(『行雲抄』世界文化社、一九九九年所収)、大岡の死後、『いまなぜ青山二郎なのか』(一九九一年、のち新潮文庫)で大岡をも批判しつつ描いて広く知られるようになり、久世光彦《てるひこ》は改めて睦子を描いた『女神』(新潮社、二〇〇三年）を刊行したが、あまり成功していない。ここで睦子を紹介すると、大正四年（一九一五）静岡県三島市生まれ、不幸な生い立ちで、昭和五年（一九三〇）、銀座のバー「はせ川」へ女給として出て、直木三十五に口説かれて処女を奪われたという。六年には、青山二郎が出資した銀座のバー「ウィンゾア」に出て、坂口安吾と中原中也が彼女を争ったという。その後、七年から十一年までは安吾の愛人だったとされるが、菊池寛にも庇護され、小林秀雄に求婚されて、いったんは受け入れたが睦子の側で破棄し、オリンピックの選手と京都へ駆け落ちしたという。

その後東京へ戻り、番衆町の喫茶店「欅《けやき》」に勤めたあと、昭和十年、工場主をパトロンとして銀座に「アルル」という自分の店を持った。時に二十歳。十三年頃から河上徹太郎の愛人となって長く続いた。戦後、昭和二十二年（一九四七）からまた銀座へ出て、バー「ブーケ」で働く。二十四年には、青山二郎が睦子のアパートに住んでいたこともある。二十五年、青山が命名したバー「風《プー》さん」が開店し、ここに勤めている時、作家としてデビューしたての大岡と関係ができ、大岡の米国留学を挟んで八年近く愛人関係にあった。その後睦子は「ブーケ」の支店「ブンケ」に出ている。しかしために大岡は夫人の自殺未遂のようなことがあって何度か別れを考えたという。そして昭和三十二年頃、大岡と別れ、一年後の四月十五日、自室で睡眠薬自殺を遂げた。報せを受けて駆けつけた大岡は通夜で号泣していたというが、『中央公論』八月号から、睦子をモデルとして『花影』の連載を始めた。当初は六月開始の予定だったが二ヶ月遅れたという。翌年八月号で完結し、単行本になると、新潮社文学賞と毎日出版文化賞を受賞した（山内宏泰「文壇の魔性・坂本睦子の華麗な

る大物遍歴」『新潮45』二〇〇六年二月号)。

『花影』が大岡と睦子のことを描いたモデル小説ないし私小説であることを最初に明かしたのは、巌谷大四《だいし》の『戦後・日本文壇史』(朝日新聞社、一九六四年)らしい。研究者のなかには、これを大岡の自己処罰的な作品だとするものもあるが(花崎育代『大岡昇平研究』双文社出版、二〇〇三年)、そうとれないのは、青蛾書房の限定版のあとがきで大岡が、『神曲』からとったエピグラフの意味を説明して、これは『花影』の最後のほうで黄瀬戸の盃の二重売りをやってしまい、足立葉子の自殺のきっかけを作った高島謙三のモデルを告発するものだ、と驚くべきことを書いているからである。この高島のモデルが青山二郎であることは、白洲正子も書いている。だが、睦子＝葉子の自殺は、美術研究家の松崎勝也＝大岡と別れたことにある。大岡の死後、白洲は『いまなぜ青山二郎なのか』で、「小説の出来不出来とは別に、むうちゃんを知るほどの人々は、みな不満に感じていた。モデルが現実の人間に似ている必要はないとはいうものの、魔性のものと呼びたくなるほどの魅力を備えていた女性が、そこではただの平凡な女にひきずりおろされ、人生に疲れはてて自殺する。これではむうちゃんも浮かばれまいと、誰しもそう思うのである」と書いている。青山二郎についても、「小説の中で日頃の恨みつらみの仇きをとったように見え、不愉快なことおびただしい」という。

私は講談社文芸文庫版『花影』の解説を書くために新潮文庫版を精読したが、その時、妙なことに気づいた。最後のほうで、自殺直前の葉子が松崎と再会する場面で、酔った葉子はタクシーのなかで、「とうとう吉野へは、連れてってくれなかったわね。うそつき」と言うのだ。だが、松崎と葉子が一緒に吉野の桜を見に行ったことは、作品の前半にちゃんと出てくる。そこで私は、解説の原稿に「作中でしばしば現実と夢が混淆する葉子は、この時泥酔して、吉野へ行ったことも夢だと思ったのではないか」と書いたのだが、その後、大岡晩年の岩波書店『大岡昇平集』のこの箇所に大岡が「もう一度」と書き込みをしているのに基づいて、死後出た筑摩書房の『大岡昇平全集』では「とうとう吉野へは、もう一度連れてってくれなかったわね」となっていることが分かり、書き直した。しかし、この書き込みは明らかに彌縫《びほう》策であって、大岡は松崎と葉子が吉野へ行ったことを、忘れていたとしか思えないのである。しかも、心血を注いで書かれたはずの、二つも賞をとった、そう長いわけでもないこの作品の、特別な知識がなくても普通に読みさえすればおかしいと分かるミスに、連載、単行本化、全集など、何度も活字になっている間に、大岡も他の人も、二十余年間気づかなかったということになるのだ。井上靖が「頭口」なる明初の俗語を知らなかったことを嘲笑できるのだろうか。『花影』については、後でまた触れる。

*

さて、大岡の、鷗外「堺事件」攻撃は、実に長い年月をかけて行なわれている。「『堺事件』疑異」「森鷗外における切盛《きりもり》と捏造」が発表されたのは一九七五年で、『堺港攘夷始末』の連載を始めたのが一九八四年で、八八年の死まで続いて未完に終わったが、ほぼ九割方は完成したと見られており、死後単行本になった。だがその間に、日向《ひなた》康が『非命の譜――神戸・堺浦両事件顚末』（毎日新聞社、一九八五年）を上梓しており、大岡は「成城だよりⅢ」の四月一日の項でこの本を読了したとして、「やるやるといって、十年経てば、かかる研究出るのは当然なり。拙文を引き、鷗外『堺事件』を論難せる二十四点賛成とのことにて、小生も五十年初出以来、国文学者にやられっ放しにして、始めて知己を得たり」と書いている。国文学者というのは、小泉浩一郎、尾形仂《つとむ》を急先鋒とするもので、論争には蒲生芳郎《よしろう》、山崎一穎《かずひで》らが加わっている。概略を示す。

一九七五年三月、大岡「『堺事件』疑異」『オール讀物』
　六、七月、大岡「森鷗外における切盛と捏造」『世界』（『文学における虚と実』講談社、一九七六年）
一九七六年四月、蒲生芳郎「『堺事件』論覚え書」『評言と構想』（『鷗外の歴史小説』春秋社、一九八三年）
　十月、前田愛「歴史と文学のあいだ」『海』（蒲生に対して大岡を擁護）
　十二月、吉田精一「森鷗外は〈体制イデオローグ〉か」『本の本』（蒲生を擁護）
一九七七年七月、尾形仂「もう一つの構図」『文学』（大岡批判）（『森鷗外の歴史小説』筑摩書房、一九七九年）
　同月、小泉浩一郎「『堺事件』再論――鷗外は体制イデオローグか」『鷗外』（大岡

批判）（『森鷗外論　実証と批評』明治書院、一九八一年）
九月、大岡「『堺事件』批判その後」『群像』（『文学の可能性』作品社、一九八〇年）
一九七九年十二月、山崎一穎「『堺事件』論争の位相」『日本文学』（大岡と小泉、尾形の中間に立って公平に判断しようとしたもの）（『森鷗外・歴史小説研究』桜楓社、一九八一年）
一九八〇年一月、蒲生「『堺事件』私見――『堺事件』は〝反〟権力的な小説か」『文学』
一九八四年一月―九〇年七月、福本彰「森鷗外作『堺事件』論考――『堺事件』論争の詳細な検討を通して」（一）―（九）『鷗外』（『鷗外歴史小説の研究』和泉書院、一九九六年）
九月―八八年十二月、大岡「堺港攘夷始末」『中央公論文藝特集』（『堺港攘夷始末』中央公論社、一九八九年）
一九八五年四月、日向康『非命の譜――神戸・堺浦両事件顚末』毎日新聞社（のち社会思想社、現代教養文庫）
一九八八年十二月、大岡没
一九八九年　『堺港攘夷始末』刊行
一九九五年一月、日比野由布子「森鷗外『堺事件』論――大岡昇平における鷗外との和解」『言語と文藝』
五月、井田進也「『堺港攘夷始末』疑異」『思想』（日仏比較文化史家による大岡著

への疑義）（『歴史とテクスト』光芒社、二〇〇一）

日比野の論文は、いざ『堺港攘夷始末』を見てみると、かつて鷗外を批判していた箇所で、鷗外と同意見になったり、批判が緩められたりしていると論じているが、鷗外とは関係なしに、フランス側史料をも検討した井田は、今度は大岡の総まとめに疑義を呈している。他にもあるが、私はこの「堺事件」論争をめぐる文章を読もうとすると、いつも索然《さくぜん》たる気持ちになり、苛立ちを覚える。そもそもこの論争は、話が最低限二重になっている。それは、堺事件の真相如何という問題と、鷗外が原資料を捏造したか、そしてそのことによって山県有朋のイデオローグとしての役割を果たしたか、の二重である。堺事件の詳細に関する議論は、大岡、鷗外という二人の「文豪」がからんでいなければ、単に国史学界の片隅で行なわれるものに過ぎなかっただろうし、事実、大佛次郎賞受賞者で先ごろ没した日向の著は、ほとんど世間の注意を惹かなかった。

だいたいが、この論争に参加している人々は、鷗外を崇拝しているか、あるいは大人物だと考えているが、私はそう思っていない。みなが鷗外の「歴史其儘と歴史離れ」を重大な論考のように考えているが、私はそう大した文章だと思っていない。しかも「堺事件」は、鷗外の「歴史小説」のなかで、特におもしろいものではないし、大岡もそう言っている。大岡は、単に陸軍軍医総監だった鷗外が、官僚だった柳田が嫌いなのと同じように嫌いで、しかしそれだけでは攻撃の材料がないから、「堺事件」の細部をネチネチとあげつらって叩こうとしただけではないのか。井上靖攻撃の時と同じ手である。

もちろん鷗外は体制側の人間であり、大逆事件のあとで「カズイスチカ」を書いて、社会を変革しようなどと考えず日々の生活を大事にせよと説き、明治天皇に対して乃木希典《まれすけ》が殉死した時は、「興津弥五衛門の遺書」でこれを讃えた。笑止なのは大岡が、「堺事件」で、皇室に具合の悪いことは切除したと鷗外を批判していることで、昭和敗戦以前、たいていの文学者はその種の操作や配慮をしているのであって、鷗外に限ったことではない。大岡は江藤淳を批判した時に、アーサー王伝説というのはさして面白くないもので、江藤の『漱石とアーサー王伝説』は、どこを切っても嫂・登世が出てくる金太郎飴のようなものだと痛罵したが、大岡の鷗外批判にしても、「堺事件」というのはもともと大した小説ではなく、大岡の議論はどこを切っても「体制イデオローグ・鷗外」が出てくる金太郎飴だと言えるだろう。

その論敵たる小泉浩一郎にしてからが、紛れもない天皇崇拝家の谷崎潤一郎を、反天皇制思想を隠した作品を書いたと、妄想としか思えない論文を書いたうえ、同じ論文を二度も雑誌に載せた人である（「谷崎文学と天皇制をめぐる雑感（一）——関西天皇制と東京天皇制」『湘南文学』一九九六年、「谷崎文学の思想—その近代天皇制批判をめぐって」『国語と国文学』二〇〇一年、この二つはほぼ同文、すなわち二重投稿である）。鷗外のイデオローグ問題については、ああもとれればこうもとれるといった細部の連続で、とうてい真面目に取り組む気になれない。いっそのこと小堀桂一郎あたりが乗り出して、皇室に不敬なことを削除するのは臣民として当然である、とでも言いだしたほうがよほど面白かっただろう。大山鳴動鼠一匹のごとき論争で、たとえば私は「夏目漱石の保身」(『なぜ悪人を殺してはいけないのか』新曜社、所収)というものを発表しているが、全然論争など起きていない。要するに大作家・大岡が言っているというので論争になっただけの、つまらぬ論争であり論点であると、言うほかないのである。

＊

しかし、これだけ執拗に歴史小説において真実にこだわる大岡が、『花影』においては歴然たる切盛りをやっているのだ。このことは、発表当時から、高見順が指摘・指弾している。「純文学の過去と現在」(『新潮』一九六二年二月)で高見は、小林秀雄が島尾敏雄の『死の棘』(未完のもの)をいいと言ったという話から、私小説否定論者の小林が、私小説である『死の棘』を褒めるのは、碌でもない拵え物の小説が多いからだ、と筆を起こし、私小説論を概観して、最後に大岡の、実は私小説なのに虚構仕立てで書かれた『花影』に触れる。

私はあの小説のヒロインのモデルになつた女性を知つてゐる。小林秀雄も、いや彼のはうがもつと詳しく知つてゐる(中略)河上徹太郎も葉子のモデルになつた女性を知つてゐる。ひよつとすると大岡昇平よりも、もつとよく知つてゐる。さうした河上徹太郎や小林秀雄があの小説をかういふふうに褒めてゐるのはあくまで小説評である。(中略)しかし大岡昇平が彼の「直

接経験」を『花影』のやうな「詩的ヴィジョン」的小説で書いたことに疑問がなかつたか。私は疑問を呈したいのだ。（中略）

あの「直接経験」を作家の大岡昇平が小説として書く場合、果してあれでいいのだらうかといふ文学的な疑問である。

（中略）

心の修羅場——小説としてはもつとも面白いところである。大岡昇平などの舌なめずりして書きたがるに違ひないところである。（中略）どうしてこのもつとも面白いところを書かなかつたのか。

（中略）しかしそれを書くことは、実生活の上でいろいろ差し障りがあつて、おそらく不可能だらう。だつたら、あの女性のことを何もわざわざ小説で書くことはないのだと私は思ふ。（中略）書けないのは当り前だと思ふが、ひとたび書くと心にきめた以上、あんな体裁のいい「ありきたりの風俗小説になりかねない」やうな小説を書く手はないのだ。

この高見の文章は、「純文学論争」の一環のはずだが、『戦後文学論争』には収められておらず、同書編纂当時の大岡の権力を窺わせる。高見のこの文章は、今後私小説論アンソロジーでも編むなら絶対に入れるべきものだ。「純文学」を擁護して威勢よく「大衆文学」を批判している大岡が、純文学の側から徹底攻撃を受けたもので、これは大岡の完敗だと私はみる。大岡が鷗外や井上靖を攻撃したのと比べても、完膚なきまでに高見にやっつけられている。大岡もこれには反駁を返しておらず、高見をやり過ごすように佐伯彰一批判を始めている。「歴史小説」なら切盛りが許されず、「私小説」なら許されるのか。真実が書けないなら、書くべきではないと高見は言う。まったく、大岡の二重規準である。睦子との情事の顛末はほとんど書かず、別れてからあとのことを書いたのが『花影』であり、睦子と妻との板挾みになって苦しむ大岡の内面という、もっとも書くべきことは書かれなかった。『花影』は要するにいちばん書くべきだったことを書けなかった失敗作であって、名作などではない。実は小林秀雄は、新潮社文学賞の選評の冒頭に、「これは、失敗作かもしれない」と書いている。そうだと思う。花柳小説の末裔のごときものだ。

ところで高見が『花影』を批判した『群像』一九五九年九月号の合評会というのは、実に奇妙なもので、こんな奇妙な座談会を私は見たことがない。『座談会　明治文学史』（岩波書店）で、徳田秋聲を扱う段になって、司会の一人である勝本清一郎が、突如作中人物のモデルである山田順子と自分との関係を語り出すのは奇観だったが、こちらはそれ以上の奇観で、全文紹介したいくらいだ。何しろ『花影』の説明をする司会役が河上徹太郎で、坂本睦子との関係は大岡より古く、かつ長い。しかも高見はそのことを知っている。高見は、葉子は「大正琴の女」で昭和の女給じゃない、「女が描けていない」と言いつつ、「まわりにまつたくうるさいのがいつぱいいる中でこれだけ結晶さして」おり、「大岡君よく病気にならなかつた」などと言う。それから高島の役割について、平野が分からぬと言いだし、高見が「おれもちよつと河上さん式に作者の意を体して言つているようなところがある。まわし者が二人いるのはいかぬね。（笑）」などと言ったあげく、河上が「これはどう見ても結局失敗作だよ」、高見「失敗作じゃない」、河上「失敗作だよ。そしてそれが又魅力なんだ」となり、高見は「ただ逃げに逃げまわつて書いていて、全部逃げている。こわい連中が眼を光らせていますから、全部逃げて、あたりさわりのないところで、小説を書いている」とぶちまけたところで、河上が、これは近松秋江の『黒髪』の世界に逃げていると言いだし、高見がほとんど逆上の体で「河上さん、冗談いつちやいけませんよ。これが『黒髪』だつて。これは近松秋江みたいに泥まみれになつているようなところはなくて、自分はきれいでいるんだ」と言うのに平野が賛同し、高見は、冒険するからこそ失敗作もできる、これは冒険をしていない、と言い、河上が「つまり完成品を書こうとしたことが大岡にとつて失敗作を書かせたんだ」と受けて終わっている。

要するに河上と高見が、松崎が大岡であることや、葉子のモデルが河上の愛人だったことを避けて語っているから、坂本睦子のことなど知らない当時の読者にはわけの分からない鼎談になっているのだ。私は、高見の言うのが正しいが、かつ失敗作だと思う。吉野へ行ったことを忘れているようで、何が完成品か。

＊

大岡は、一九七一年十一月、藝術院会員に推薦されたが、捕虜となった過去があるから国家的栄誉を受ける気持ちになれないと言ってこれを辞退した。この発言はさまざまに解釈されたが、概して称賛の声が大きかった。立原正秋《まさあき》は、当時、芥川賞と直木賞の銓衡委員を批判した文章を『諸君!』の連載に書いて削られ、連載の場を『潮』に移していたが、その第一回で、大岡の辞退を絶賛している。しかし、戦後の猥褻文書裁判の被告たる伊藤整、野坂昭如らが、敗訴しながら文化的英雄になったように、辞退者は却って英雄になるという傾向も、ないではない。もとより、昨今の、それまで反体制を標榜しつつ、国家の栄誉を平然と受けてしまう者たちは論外だが、辞退した、とニュースになれば、打診があったことが分かって当人のプライドは満足する。高木卓が芥川賞を辞退した時、菊池寛は怒って、授賞すると発表されてそれから辞退されれば、恥を掻くのは賞の側である、と書いたが(『話の屑籠』)、それはその通りである。密かに打診があって辞退したというなら、それはそれなりに立派だが、辞退がニュースになるとまた別の効果が生まれる。

今東光は、その晩年の『十二階崩壊』で盛んに藝術院の悪口を言っているが、これは自分が推薦されなかったからでもあり、今後推薦される見込みもなかったからであろう。そういう立場にいる者から見れば、辞退して英雄視される大岡が、そう偉いとは思われず、大岡自身には推薦された満足があったろうと思われる。漱石の博士号辞退も、鷗外の遺言も、似たようなところがある。芥川賞が欲しかった太宰治からみれば、高木のような、露伴の甥というサラブレッドの、これ見よがしの辞退は苦々しいものがあっただろう。山本周五郎のように、直木賞のみならず一切の栄誉を辞退したら、それはそれで立派である。

関塚誠の「大岡昇平と『堺事件』論争」(『言語と文藝』二〇〇〇年十一月)には、大岡が、戦争責任者である昭和天皇を批判しなかった、とあり、遺稿として『朝日ジャーナル』一九八九年一月二十日号の「二極対立の時代を生き続けたいたわしさ」を取り上げている。これは天皇の重篤の報を聞いて「おいたわしい」と感じる、という随筆で、死後の発表だが、左翼と思われていた大岡がひどく昭和天皇に同情的なので、当時波紋を呼んだ。しかし、菊地昌典との対談では、菊地に合わせた感なきにしもあらずだが、司馬遼太郎の、戦後の天皇制が本来の平和的な天皇制だという議論に異を唱えているから、かの随筆は、やはり自身の老齢と死を目前に、気弱になった大岡の言葉とのみ見て差し支えないだろう。

大岡が夏目漱石について書きはじめたのは、一九七三年、「漱石と国家意識」からだが、七五年に江藤の博士論文を批判してから、技癢《ぎよう》を感じたのか、姦通をめぐって漱石についてぽつぽつと書くようになり、その一部は『文学における虚と実』（講談社、一九七六年）に収められたが、さらに書きつづけて、死ぬ直前に『小説家夏目漱石』として筑摩書房から上梓した。既に単行本に入れたものと重複していたが、大岡没後、読売文学賞を授与されている。当時は私もすぐに買って読み、いろいろ考えたものだが、今では顧みる者もない。適当な思いつきが並んでいるだけである。

私が言いたいことは、海音寺と同じで、大岡昇平って、そんなに偉い人ですかねえ、ということである。確かにいくつかの傑作はあるし、博識でもあった。けれど、どうも虚仮威《こけおど》しの部分が多いし、クズ作品も多い。私は、孫ができた時のことを描いた私小説風の『萌野《もや》』が、もっと読まれてもいい作品だと思ってはいる。恐らく大岡が大作家のように見えているのは、その風貌が立派だということにもよるだろう。論者の常ながら、大岡を無条件に褒めたたえるような大岡論は、大岡自身も好むところではあるまい。もうそろそろ、偉大なる大岡昇平幻想から、抜け出すべき時期ではないか。

# 司馬遼太郎における女性像

司馬遼太郎の作品、特にその長編は、新幹線や特急列車、私は乗らないが飛行機など、長旅の途中で読むのに最適だ。他の人のことは知らないが、少なくとも私にとっては、一人、他人と同じ箱の中に入れられて遠方へ出かけるのは、心細い。だから、気分を滅入らせるような本は読みたくない。だが司馬作品の主流は、合理的精神と行動力を持った男たちが、日本全体を変革するような仕事をなしとげてゆく世界で、しかも作者の明快な解説も入っているから、自分がその主人公になったような気分、物識りになったような気分になって、爽快感を覚える。

しかしそのことは同時に、それが通俗的であり、読書大衆を慰撫《いぶ》するものでしかないのではないか、という批判は、かねてからあった。慰撫して何が悪いか、という反論はあるとしても、もし司馬作品の最大の欠点をひとつあげろと言われたら、それは女の描き方だと思う。「女が描けていない」という批判もまた陳腐だといえばいえるが、司馬の場合、それはむしろ、読者を喜ばせるという意味ではうまく描けていると言うべきだ。主人公の傍らには、一人か二人の魅力的な女が必ずついている。司馬は、史料を駆使して書く作家だが、前近代の女に関する史料自体が少なく、ましてやその人柄まで窺えるのは、平安朝の宮廷女房の日記くらいだろう。

だが司馬はそんな世界は描かない。代わりに司馬が描く女たちは、美しく、または適度に美しく、エロティックまたはコケティッシュで、主人公が社会を相手に大仕事をするに当たっては、陰に陽にこれを支える。そして大体は、主人公に惚れている。その描き方は、初期の忍者ものにおいて既にそうであり、中期の『功名が辻』『竜馬がゆく』であらわになり、後期の『菜の花の沖』や『箱根の坂』『韃靼疾風録』ではメルヘン風にさえなっていって、リアリズムを離れている。全体としてリアリズムの傾向がある『花神《かしん》』や『胡蝶の夢』でさえ、ヒロインは非現実的で魅力的だ。せいぜい、『花神』で楠本イネが村田蔵六の愛情を求めて、目に石鹸を塗り込むくらいが関の山であって、司馬と並んで「国民作家」と呼ばれる夏目漱石が、『三四郎』『行人』や『道草』で描いたような不快で実りのない男女関係は、司馬作品にはまったくと言っていいほど見当たらない。『菜の花の沖』のはじめの方では、主人公高田屋嘉兵衛の、妻となる恋人おふさとの、淡路島の漁村でのロマンスが、能うべく徳川時代の史実と乖離しないよう、若者宿と「夜這い」の習俗を絡ませながら描かれているが、結果的には近代のロマンスと変わらず、それを適宜時代と地域に合わせて作り直したといった趣きがある。嘉兵衛は、大商人になってからは、二人の妾を船に同船させていたという史料もあるが、妻と妾の確執のようなものに、司馬は筆をあまり割こうとしなかった。しかしこれがNHKでドラマ化された際、脚本の竹山洋は、精神を病んでしまう嘉兵衛の妻の姿を描いて、原作から大きく離れた。そして、その箇所だけが、あまりに司馬遼太郎離れしていたのである。男女関係とは、不合理なものである。合理的精神を支柱とする司馬作品では、そのような男女関係は丁寧に排除されている。

司馬作品中の女性像を凝縮したような存在として、『功名が辻』のヒロインたる、山内一豊《やまうちかずとよ》の妻がいる。しかしもちろん司馬は、戦前の修身教科書のようなやり方で、この歴史上名高い賢夫人を描くわけではない。かわいらしく、コケティッシュで、やや小悪魔的に描く。そこにもひと工夫があって、この千代という妻は、こんな言葉づかいをする。初めて夫となるべき山内伊右衛門一豊に会った時は、

(ちょっと不満だな)

などと思う。またあの有名な、十両で名馬を買う場面では、お買いなさいと言う千代に、冗談を言うなと伊右衛門が答えると、

「うん、冗談かな」

などと言っている。戦国時代を描いても、司馬は、会話の部分は適当に、いわゆる時代小説言葉で書いている。だから千代は、ふだんは敬語をもって一豊に対しているが、時おりこんな言葉が飛び出す。徳川時代まで、職人の女房の言葉づかいなどは男と変わらなかったし、中世となると、もっと分からない。しかしこれでは、大正から昭和のモダンガールか、一九六〇年代の女子大生や現代女性の言葉づかいだ。司馬は、現代の読者にかわいらしく見えるように女を描く。千代のように男

に都合がよく、かつかわいらしい妻が現実にそうめったにいるはずがない。歴史や合戦が主となっているからいいようなものの、『功名が辻』の、千代と一豊を描いた部分だけ抜き出したら、大の大人が読むに耐えるものではないと言ってもいいくらいである。なのに、適宜案配して挿入されるから、読めてしまう。

だからこそ、中年男に人気があり、自分の妻や愛人や恋人の恐ろしさを思い出すことなく、新幹線の中でも安心して読める。司馬作品によって、歴史に関する、地理に関するあれこれを学ぶことはできるが、女に関しては何ひとつ学ぶことができないと言っても過言ではない。女性読者でも、岸本葉子のような司馬ファンはいるが、岸本はむしろ『街道をゆく』のような紀行、あるいは風土小説めいたところを楽しんでいるようだ。あるいは、自分自身をその魅力的な女性に投影することができれば、女性読者も楽しめる、と考えることができる。『功名が辻』を読んでちょっと反省した、という女性もいたが、そんな反省は長続きはしないだろう。

では司馬作品はやはり通俗もので、加藤周一が『日本文学史序説』で言うように、高度経済成長を支えたモーレッツ・サラリーマンの慰めでしかないのか。私は、一つの結論を出すつもりはない。むしろこの問題は、いくつかの側面から考えることができる。一つは、司馬がやはり、「歴史小説」の流れに属する作家であって、それは中里介山《かいざん》、直木三十五、吉川英治、海音寺潮五郎といった作家によって発展させられてきたものだが、こういう女の描き方は、その流れのなかでは一般的だったということがある。ただ私の知るなかで、はっきり例外的といえる作品があって、それは山本周五郎の最後の長編『ながい坂』である。ここでは、主人公主水正《もんどのかみ》の、因習的な武士社会との戦いと、最後の和解に至るまでの妻との長い不和が、ともに描かれた名作である。これは山本が長い作家生活の末に達成したものだ。あるいは、永井路子や杉本苑子のような女性歴史作家たちは、もちろん違った視点から女を描いているけれども、井上靖の『淀どの日記』程度にさえ、それが成功しているか否かは別としても、女を主人公とする長編、女の視点から描かれたものを、司馬は書かなかった。

これは、司馬と人気を二分している観のある時代小説作家、藤沢周平についても言えるだろう。藤沢は、司馬とは違って、架空の人物を描いた作品が主だが、藤沢作品を原作とする山田洋次の最近の二つの映画、『たそがれ清兵衛』と『隠し剣鬼の爪』は、その枠組みが同じであることに私は驚いたのだが、いずれも興行的に成功し、批評家からも高い評価を得た。どちらも、組織の上層部の陰険さや暗部と戦う男を描きながら、その男を支える美しい女が配されている。特に『隠し剣鬼の爪』は、『たそがれ清兵衛』と似たような、藩中の謀叛人を主人公が征伐するという展開のあとで、家老を暗殺し、藩を離れて蝦夷地へ行く主人公が、かねてから世話をしていた美しい下女を訪ねると、まだ嫁入り先の決まっていない下女が、同行を肯《うべな》うという甘い結末で、私は憤りさえ感じたものだ。人間の「真実」はそこでは描かれていない。「真実」を描こうとするなら、松たか子扮する下女は既に嫁入っていて、主人公は下男一人連れて蝦夷地へ旅だつ、という風に描くべきだったろう。原作はちょっと違うが、女と出来てしまうのは原作通りだ。あるいは黒澤明脚本の映画

『雨あがる』は山本周五郎の短編を原作としており、ほぼ原作どおりだが、ここでもまた、剣の腕はたつが正直者で禄を失った武士を支える妻が描かれている。これまた高い評価を受けた映画だが、おとなしそうに見えた妻が、最後に、夫の仕官がダメになり、それを伝えに来た武士たちを罵るところが見せ場だ。黒澤贔屓の私といえども、黒澤もまた、女をリアルに描くのが下手な映画作家だったと言わざるをえない。

だが、さらに遡れば、社会と対峙し、その因襲や裏側と対決する男の主人公に、これを支持する美しい女がいるというのは、フランク・キャプラの『スミス都へ行く』や『素晴らしき哉、人生！』、あるいは小説ではザミャーチンの『われら』や、オーウェルの『一九八四年』以来、定番とも言うべきパターンなのである。日本では松本幸四郎がロングラン公演を続けているミュージカル『ラ・マンチャの男』も、結局はドゥルシネア姫と間違われた下層女の支持を得るドン・キホーテことアロンソ・キハーナの物語で、このミュージカルは女にはあまり人気がないと言われているが、さもありなん、と思う。

話を司馬に戻すなら、その主人公の多くは、社会を変革したり、大きな権力と対峙したりするのだから、女との痴話喧嘩などやっている暇はないし、もし司馬がそれを描いたら、これほどの人気作家にはならなかっただろう。夏目漱石の『坊っちゃん』の主人公も、社会と対決するためには、乳母の「清」を必要としたのである。だが、そのような物語は何も二十世紀に始まったものではない。西洋中世の騎士物語でも、騎士は愛する貴婦人のために、その精神的庇護を受けて戦ったのだし、日本でも室町時代の『曾我物語』や『義経記《ぎけいき》』のような軍記物語の主人公の横には、静御前や遊女虎がいた。つまり女とは、物語においておおかたはそのような役割を果たすものなのである。

しかし近代文学は、女をそのような役割とは別の方向から見るところから始まったと言ってもいい。日本でいえば、二葉亭四迷の『浮雲』が、まさにそのような「近代小説」である。その一方、昭和初年、谷崎潤一郎は、近代小説のあり方を批判する「藝談」を書き、「直木君の歴史小説について」を書いて中里介山や直木三十五の歴史小説を評価し、自らも前近代的な説話の手法を用いて、『盲目物語』や、歴史小説『乱菊物語』を書くのみならず、実生活においても、松子夫人の騎士的な生き方を演じた。そもそも司馬が当初拠っていた同人雑誌『近代説話』は、谷崎のそうした方向性の延長上にあったのだから、そこで、近代小説的な、夏目漱石の描く美禰子のような女が現われないのも、文学史的必然だとも言えるのである。あるいは、近代小説でも、志賀直哉の『暗夜行路』に描かれた女は、とうてい近代的とは言えない。それどころか、大江健三郎の『個人的な体験』に現われる火見子という女もまた、主人公を支える役割を果たしている（ただし大江はこれを最後に否定する）。中上健次にも、かなり前近代的な「女」の描き方をする傾向があった。ただし、川端康成の『山の音』と、谷崎の『瘋癲老人日記』を典型として、男の、女に対するファンタジーは、最後に引っ繰り返されたり、相対化されたりする例もある。これは、『源氏物語』において、光源氏の理想の女性として描かれた紫上が、女三宮の降嫁とともに変容してゆくのに倣った、日本独自の女房文学リアリズムである。だから、竹山洋のシナリオ『菜の花の沖』は、前近代的な原作を近代化したものだと言えるのだ。

　司馬が、戦国時代と幕末を得意としたことは言うまでもない。だが、『義経』は書けても、鎌倉三代記は書けなかった。北条政子を描くことができないからである。近代を扱った作品『翔ぶが如く』や『坂の上の雲』は失敗しているという丸谷才一の意見に私は賛成だが、長編随筆とも言うべき『ひとびとの跫音《あしおと》』を含めて、司馬がなぜ正岡子規を好んだのか、ということを考えてみたい。子規とは、実に色気のない男である。その生涯に、浮いた話がどうにも見当たらない。若くして結核という死病に捕らえられたせいもあるが、それ以前にも、どうも色恋には縁がなく、せいぜい妹の看病を受けていたのが僅かに子規をめぐる女っ気であり、そのあたりは宮澤賢治に似たものがある。のみならず、子規の短歌革新運動にも、恋の歌を本領とする『古今集』『新古今集』を批判して、『万葉集』の、もっぱらますらおぶりの歌を称揚するという、色恋ばなれしたところがあり、長塚節や伊藤左千夫とは大分違う。たとえば司馬が、子規ではなく、北村透谷や国木田独歩を描くことを想像することはできない。

　それればかりではない。司馬は、中編随筆『ロシアについて』（文春文庫）の冒頭近くで、日本に開国を迫ったロシヤ使節のレザノフに触れている。長崎で船の中で長く待たされ、あげくの果て通商を断わられたレザノフは、腹立ち紛れに、二人の部下に命じて、カラフト南部とエトロフ島を襲撃させた。司馬はレザノフを、いいかげんで子供っぽい悪党だと厳しく非難している。ところがレザノフ自身は、二人の部下に日本の北辺の襲撃を命じたあと、陸路シベリアを渡ってモスクワへ帰る途中、急死している。また二人の部下は、皇帝の許しも得ずに襲撃を行なったというので処罰を受け、のちに橋から落ちて死んでいる。しかし実はその前にレザノフは、当時ロシヤ領だったアラスカを通って、当時イスパニア領のカリフォルニアへ渡り、サンフランシスコの警備隊長の娘のコンセプシオン・アルフエロと恋におちた。レザノフの最初の妻は露米会社の社主の娘だったが、この時までに死んでいたので、コンセプシオン―愛称コンチータとの結婚を考え、しかしコンチータはカトリックだったため（レザノフは無論ロシヤ正教）、皇帝の許しを得るためにモスクワへ向かっていたのである。レザノフの死を知ったコンチータは、修道院に入り、生涯独身を通したという。この物語は潤色され、ロシヤでロック・オペラにもなっている。ところが司馬は、米国やロシヤでは広く知られたこのロマンスにまったく触れておらず、私ものちにレザノフについて調べて初めて知ったのである。

司馬が、このレザノフのロマンスを省いたのは、レザノフの印象を良くしないためだったのだろう、と一応は考えられる。しかしまた一方で、司馬には、恋愛恐怖症的なところがある。実は、博学の司馬も例外ではないのだが、戦後日本の文学者というのは、日本文学における色恋の要素の流れがよく分かっていない。『源氏物語』に代表されるような色恋の文藝というものは、近世初期に途絶しており、それ以後は、女性蔑視的な遊里文藝や、女性嫌悪的な漢文学にとって代わられているのだ。つまり漢文化の影響が強くなり、和風公家文化が後退したのである。明治以後、西洋文化の影響によって、少しずつ近世的な伝統も後退していくが、それでもまだ残っている。近世文化には、武士的なものと町人的なものとが入り交じっていて、司馬はこの二つを兼ね備えた精神構造を持っている。政治や事業の世界で動く主人公を描くときは武士的に、ロマンスやエロティックな場面は町人的に描いている。あるいは、大阪の町人的な合理精神があるとも言われる。ただ、『箱根の坂』の前半部分は、宮廷文化に対する意識が強く出ており、自ら『徒然草』の一段を解釈して、「妻《め》こそ、おのこの持つまじきもの」の妻を、嫁入り婚における「女」を、招婿婚におけるそれとしている。宮廷文化と近代文化は、一夫一婦制と一夫多妻制という点で大きく違っている。谷崎潤一郎は、二番目の妻との結婚の感興のなかで書かれた随筆「恋愛及び色情」で、近世文藝は女人を軽蔑しているが平安朝文藝はそうではない、と書きつつ、一夫多妻制の問題のところで、少々困っている。新妻が読むからである。司馬もまた恐らく、一夫多妻制を合理的と見るところがあったはずで、しかしそれを表に出せば、読者の不興を買うから、適当にごまかした。斎藤道三のような梟雄《きょうゆう》であれば、次々と女を利用するのも良かろうが、高田屋嘉兵衛や村田蔵六や坂本竜馬ではそうもいかなかったのである。司馬が、読者の人気を気にしなくていい批評家だったら、一夫一婦制には無理がある、と言っていただろう。

司馬ファンの岸本葉子も、鎌倉育ちであることと関係するのか、武士的な意識を持った女性である。それがまがいものでないことが、がん体験記によって図らずも明らかになった。何も岸本に限らず、日本で女子の間に少年愛ものが流行するのは、彼女らのなかに武士的感性があるからだ。漱石の『こゝろ』に対してそう感じないように、『坂の上の雲』あたりを読んでも、日本人はさほどに同性愛的には感じないようだが、この二作は西洋人が読むと同性愛小説に見えるという。

一方、たとえば戦後文学の傑作とされる大西巨人の『神聖喜劇』もまた、女に関しては司馬遼太郎について述べたのとまるで同じ描き方がなされている。誰かが既に指摘したかどうか知らないのだが、この長編の主人公・東堂太郎の超人的記憶力と、作全体のブッキッシュな様もまた、司馬作品に共通している。逆にたとえば、司馬同様に、史料に基づいて書かれている吉村昭の歴史小説は、司馬が排除した人生の苦さを遠慮会釈なく描く。『花神』に出てくるロマンティックな楠本イネと、『ふぉん・しいほるとの娘』の主人公が、同じ人物とは思えないほどだ。

ではは司馬作品は、やはり大衆文藝でしかないのか。しかし「純文学」とされている作品でも、女の描き方がロマンティック過ぎるものなど、たくさんある。逆に谷崎潤一郎は、女を描いたが、社会は描かなかった。シェイクスピアやバルザックのように、社会の上から下まで、男も女もその真の姿において描くということができるのは、世界文学の超一流文学者にのみ可能なことである。ただ、司馬の場合、歴史の流れや地誌について該博な知識と見取り図を披瀝する作家であるために、女の描き方のメルヘンぶりが目につくというだけのことである。

読者の側でも、千代のような女が現代社会にいるはずがないことくらい、よほどのばかでない限り分かっているだろうが、現代社会にはいなくても、過去にはいたのではないか、と思う人はいそうだ。だが、私が研究した結果から言うなら、そういう女が多かったのは、日本史上において、昭和三十年代だったと思う。大正十四年生まれの司馬＝福田定一にとっての三十代である。明治・大正期の女は、もっと悍馬《かんば》めいていた。つまり司馬は、女を描くに当たっては、その若い時代の経験に基づいて描いていたのであり、これは司馬といえども、自覚していたかどうか。日本の女たちは、一九八〇年代から急速に、かつての悍馬じみた性格に戻りつつあるが、司馬が小説の筆を措《お》き、ついで没した一九九六年から、さらに加速して変容しつつある。今の若い女の言葉遣いは、近世の下層の女のそれに近づきつつある。司馬がもし生きていたら、そういう女の変容について何か言っただろうか、というと、やはりそれは無理だったろうと思う。

司馬遼太郎は、優れた作家であり、文明評論家でもあるが、それ以上のものではない。なかんずく、女については、真実を描かなかった。その程度のことは、心得ておくべきだろう。

# 恋愛と論理なき国語教育

日本の国語教育に対する私の考えは、既にあちこちで述べている（「『恋愛小説』は教えられるか?」『片思いの発見』新潮社、『日本の論点2002』文藝春秋など）ので、重複するけれど、改めて概観しておこう。「国語」という呼び名には批判があるので、「日本語」と呼ぶことにするが、いちばん重要なことは、日本語教育と文学教育はとりあえず別物だ、ということである。このことは三十年近く前に丸谷才一が論じているが、依然として十分に耳を傾けられてはおらず、現行の中学・高校の国語・現代文の教科書には、ずらりと文学作品が並んでいる。

第二に、現在の日本語教育には、論理を教えようとする姿勢が乏しい、ということである。これは日本語・文学混同の傾向とも関連しており、文学言語というのは必ずしも論理的なものではない。その点は日本でも海外でも同じことなのだが、日本語は論理的ではないという俗信がはびこっており、教育関係者でもその種の信念を持っている者がいるが、むしろ非論理的な、あるいは論理が飛躍するような形の評論文が増えたのは、小林秀雄がドイツ・ロマン派の影響下に書きはじめた「文藝評論」以後のことに属する。むしろ福沢諭吉のものなど、それ以前に書かれた文章は、徳川期の思想書であっても「文藝評論」類よりはずっと論理的なのである。だが小林系統の非論理的な「文藝評論」は教科書にも少なからず採用されていて、日本の生徒は論理を読むのではなく、行間を読むこと、書き手のこころもちを推察する訓練を受ける。だが、書くことは読むことによって学ぶものだから、こうした訓練を受けた生徒がいったん自分で文章を書くと、論理の飛躍した文章を書くことになり、これがさらに国際共通語である英語で作文をしたりする段になると、まるで通じない英文になってしまうという結果をもたらす。ところがこれとは逆に、小説などを教える際に、これは必ずしも日本に限らないが、その小説の「主題」を抽出することを目指すという教え方をする。実際には小説に必ず主題があったりするわけのものではないのだが、時には、たとえば芥川龍之介の『羅生門』であれば、「若者は年長者の悪事を見て自らも悪を覚える」といった命題の形で主題を取り出すよう教えるのが文学教育である、と論じる文章などもある。

第三に、これも文学に関連するのだが、高校の教科書から「恋愛小説」の類、ないしは少しでもエロティックな香りのする作品は極力排除されていることで、かろうじて鷗外の『舞姫』や與謝野晶子の短歌が載っているくらいだということだ。広い意味でのロマン主義に含まれる近代小説を教えながら、そのもっとも重要な要素である恋愛を抜いてしまうことは、結果としてひどく味気ない「文学教育」カリキュラムを生み出す結果になっており、そのせいで「文学」に偏見を持ってしまう生徒がいるのは確かだ。

＊

さて、今回、この春から使われる中学・高校の国語、現代文の教科書の作品リストに目を通したのだが、私が中学・高校生だった二十数年前とあまりに変わっていないこと、それから、まるで各社が「談合」でも行なったように、同じ作品が使われていることに驚かされた。もちろん、その後出てきた著者のものもかなり収められてはいるのだが、ある教科書会社が自ら「定番作品」と呼んでいるように、半分くらいは従前以来の作品群が入っている。早稲田大学教育総合研究所監修『国語の教科書を考える』（学文社、二〇〇一年）でも沖田吉穂は、フランスとの比較で、日本の「現行教科書は「教育的配慮」のためか、当り障りのない題材を選びすぎるし、伝統のなかにあるエネルギーを人畜無害なものに変えてしまっている」と述べている。論旨との関係上、ここでは高校のものだけを扱うことにするが、中学校でいえば、『走れメロス』のような不自然で嫌らしいものはもうやめてほしい。漱石の『こゝろ』は、もちろん全部ではなくあの悪名高いそれまでのあらすじと「先生と遺書」だけだろうが、高校の国語・現代文合わせて二十一点、また『舞姫』は十三点だ（「国語」も「現代文」も一社から複数出ており、私が見たのはそれぞれのなかでの重複は削ったものだが、概算としてこのリストだけで数える）。だが一番人気は中島敦『山月記』の二十二点で、ほかに『羅生門』十三点、『富嶽百景』十点、『檸檬』八点、『無常ということ』、『城の崎にて』、透谷の『漫罵』、安部公房『赤い繭』がそれぞれ六点、『たけくらべ』、独歩の『武蔵野』、志賀直哉の

『赤西蠣太』、葉山嘉樹『セメント樽の中の手紙』、井伏鱒二『屋根の上のサワン』が各五点、『山椒魚』と『黒い雨』が各四点である。『山椒魚』が意外に少ないのは、ロシアの作家クルイロフの剽窃だという「スキャンダル」が影響したのだろうか。ほかにも短編作家は人気があり、鷗外、芥川、太宰、梶井、井伏のほかモーパッサンやO・ヘンリーなど定番が多い。私が高校生だったころにはなかった現代作家のものでは池澤夏樹が圧倒的でのべ十五点、鷺沢萠《めぐむ》が八点、山田詠美、高樹のぶ子、俵万智各六点、村上春樹五点である。作品では、井上ひさし『ナイン』が六点、三浦哲郎『とんかつ』が五点。評論では小林、和辻哲郎も多いが、漱石の講演『現代日本の開化』九点、『私の個人主義』五点、丸山眞男が十二点。現代の学者では岩井克人が九点、本川達雄が八点（多くは『ゾウの時間　ネズミの時間』からの抜粋）、岸田秀が五点である。おもしろくて中味があるからというのであちこちで採用されるのは分かるが、いかにも独自性がない。詩歌のほうも同様で、宮澤賢治『永訣の朝』十二点、三好達治『甃《いしだたみ》のうへ』十点、吉野弘『I was born』と室生犀星『小景異情』が各九点、藤村の『小諸なる古城のほとり』七点、中原中也『サーカス』、朔太郎『竹』、茂吉の『死にたまふ母』、谷川俊太郎『二十億光年の孤独』各六点、光太郎の『レモン哀歌』五点といった具合だ。それぞれ分かりやすい詩なのは確かだが、ちょっと安易すぎる。それと現代詩人では、茨木のり子がのべ十七点、吉原幸子十四点、石垣りん十三点、新川和江十点で、茨木は平易でメッセージ性があるから多いのだろうが、吉原がなぜこんなに多いのだろう。日本近代の詩歌からの選択はともかく、奇妙なのは西洋の詩で、ヴェルレーヌがむやみと多く、ほかもアポリネール、ボードレールなどフランス詩ばかりで、英米詩があまりに軽んじられている。ホイットマンやエミリー・ディキンソンがまったくない。編者が日本文学専攻なのできちんと考えていないのではないか。この重複ぶりは、「辞書は辞書から作られる」と言われ、辞書はたいてい先発の辞書を参考にして、著作権もなしに作られるというが、それに似ている。ただ一冊、ほとんど他と重複していないのは『ちくま現代文』くらいだが、編集委員が金井景子、紅野謙介、小森陽一、関礼子といった顔ぶれだから当然か（しかしこの顔ぶれ自体が党派的である）。

概して無難なものが選ばれているのはさきの沖田が言うとおり。採用基準を推測すると、まず政治的に偏っていないこと、つぎに性的な、あるいはエロティックな要素は最大限に排除されていること、そして多くのものを収録するため、短編や詩はとにかく短いものが好まれている。短編というより掌編ていどのものが多く、志賀の『焚火』のような名編が入っていないのは長すぎるからだろう。さて、では個々の作品に即してみてゆきたいが、いま挙げた基準のほか、小説では、あまり物語性が強くてはいけないという傾向がある。これは芥川賞の傾向と同じで、要するに大正期に「純文学」概念が成立した時、大衆小説との差異化のために立てられ、谷崎との論争で芥川が志賀に心酔するあまり擁護した「筋らしい筋のない」小説を本道とみる、志賀の圧倒的な影響力のもとで確立された「文学」概念が、教科書の世界をも未だに支配しているということになる。しかもさらにそこから、性的、エロティックなものが排除されているから、ひどく偏った選択になるのである。性と政治を排除すると、人事、すなわち人と人とのぶつかり合いのようなものさえなくなって、だいたい類別すると、まず動物をモティーフにしたものとして『山椒魚』『屋根の上のサワン』『城の崎にて』『濠端の住まい』『文鳥』『虫のいろいろ』『赤蛙』（島木健作）『バッタと鈴虫』（川端康成）『猿が島』（太宰治）、それから宮澤賢治の童話数々、といった具合で、『西班牙《スペイン》犬の家』や『パニック』（開高健）もその類かもしれない。現代作家では、山田詠美『ひよこの眼』が人気があるが、これも、当初「初恋小説」かと思わせておいて、結局は「死を前にした動物」の話になってしまう。山田ではもう一つ『海の方の子』も採られており、いずれも女の子が語り手ないし視点人物で、これが男の子と出会う話だが（いずれも『晩年の子供』所収）、その男の子が、人間とか異性とかいうより、突然出会って突然別れてしまう「異人」として描かれている。

そのデンで言うと、『檸檬』や芥川の『蜜柑』『ピアノ』などは、「植物もの」とでも分類できるだろうか。昔から、小学生に『シートン動物記』や『ファーブル昆虫記』を読ませたがる教師が多かったが、この動植物もの全盛は、高校生を小学生扱いしているに等しい。次いで、小説というより叙景、随筆、紀行といった具合のもの、『武蔵野』『硝子戸《がらすど》の中《うち》』『日和下駄《ひより》』、志賀の『真鶴』『十一月三日午後の事』、梶井基次郎の『城のある町にて』『闇の絵巻』、井伏の『へんろう宿』、太宰の『富嶽百景』『津軽』『待つ』、横光利一『蠅』といった具合だ。これらを文学として味わうためには、生徒に天賦の鑑賞眼でもない限り三十過ぎていなければ無理ではないかと思えるものが多いのだが、妙なことに性や恋愛に関しては子供扱いなのに、鑑賞眼に関しては大人扱いなのである。漢詩漢文の世界はともかく、恋愛は近代文藝にとって重要な要素であり、それを除き、さらに物語性も除くというのでは、別途書いたように、「目黒のさんま」の殿様が城中で食べさせられた、油っけを抜いたさんまのごときものになってしまうのである。目黒の農家でじゅうじゅう焼いたさんまを食べている殿様は、それがさんまとは言えないことが分かる。しかし生徒のなかには、学校以外ではまともな小説など読まない者もいるわけだから、文学（食事）というものはこういう味気ないものだと思い込んでしまう。

戦後すぐ発表された若杉慧《けい》の『エデンの海』は、石坂洋次郎の『若い人』の焼き直しのような作で今では忘れられているが、ここでは主人公の女子学生が藤村の『新生』を読んで男性教師にその感想を書き送ったりして、二人の関係が醜聞になってゆく。若杉が、もはや大人に近づきつつある生徒を子供扱いするやり方を批判していたのは確かだが、昭和三十年代にはいわゆる「純潔教育」が行なわれて、事態はさして変わらなかった。しかし高校生と言えば十五歳から十八歳であり、何も川端の『眠れる美女』を教えろとは言わないが、現在の教材はあまりに純粋培養でありすぎるし、八〇年代以降の状況にも適合していない。高校生ならマンガや映画、ドラマなどで十分に恋愛もの、ないし性的なものに触れる機会はたくさんあるのだから、教科書がここまで「儒教的」であるというのもおかしなものだ。ただし日本では、キリスト教諸国と違って、売買春美化、男の放蕩容認の伝統があって、近代の正典小説にはその種のものが多いから、軽々に教科書には入れられない、というのは分かる。荷風や近松秋江をおいそれとは入れられまいし、『蒲団』を男性教師が女子学生に教えたらまずいだろう。へたに恋愛がらみの小説など教材にすると、生徒が騒いで現場の教師が困惑するとかいうのも分かる（じっさい、北條民雄の『いのちの初夜』を教師が紹介しようとしたら、生徒が「初夜」という言葉で騒いでしまったという情景を群ようこが書いている）。しかし一九七〇年には松田道雄が『恋愛なんかやめておけ』を「ちくま少年図書館」の一冊として書いているのだから、そろそろこの「国語純潔教育」もやめていいのではないか。そういう教材を教える覚悟がない、と言うような教師は、文学教育をしようなどと考えるべきではない。じっさい、「文学」というのはかくのごとき人畜無害で退屈なものだ、と思ったまま大学の文学部へ来たりする学生というのがいるのである。

もっとも不思議なことに『舞姫』などは妊娠まで描いているのに採られているし、だいぶエロティックな芥川の『奉教人の死』もあるのだが、いずれも文章が難解なので許されているのではないかと思う。山田詠美や村上春樹を採っていても、前者なら「子供もの」、後者なら怪談ものが主である。私の希望としては、短編でいうならば、教科書に採られている作家のものでも、志賀の『范の犯罪』とか芥川の『南京の基督』、太宰の『女生徒』『カチカチ山』『竹青《ちくせい》』『眉山《びざん》』『駆込み訴え』その他、おもしろいものがたくさんあるし、谷崎の『秘密』でもいい。独歩の『武蔵野』なら、むしろその裏である『欺かざるの記』を抄出してほしい。その点、啄木の日記が入っているのは感心した。向田邦子も入っているが、それなら『かわうそ』を入れたっていいではないか。私はどちらかといえば青少年の性に関しては保守的な人間だが、その私が見たってこのカリキュラムは保守的に過ぎる。林真理子や藤堂志津子の短編を入れたっていいし、どうせなら翻訳でいいから同性愛小説も入れて、ちゃんとそういうこともあるのだと教育してほしい。ドイツでは『ヴェニスに死す』、フランスでは『ドン・ジュアン』だって教えているのだ。恋愛ものでなくても、岩阪恵子の『淀川に近い町から』とか、外国のものならアンダスンの『ワインズバーグ・オハイオ』あたりから採ってもいいではないか。昔はあった、シェイクスピアからの抄出がなくなっているのも悲しい。『セロ弾きのゴーシュ』とか、O・ヘンリーの『最後の一葉』や『賢者の贈り物』なども入っているが、これなど中学生用の教材である。

さらに採用作品を分類するなら、いま述べた村上春樹の『レキシントンの幽霊』や『七番目の男』のほか、幻想文学とでもいうのか、怪奇ものもちらほら見える。『夢十夜』、内田百閒『件《くだん》』、ラフカディオ・ハーンの『果心居士のはなし』『おしどり』などだ。しかし鏡花の『高野聖《こうやひじり》』は、エロティックに過ぎるからか、ない。鏡花なら『歌行燈《うたあんどん》』をその構成の妙のゆえに入れてもいい。採用作品ではほかに戦争ものとして、三木卓の『朝』、野坂昭如『火垂るの墓』、大岡昇平の『俘虜記』『野火』、林京子の『祭りの場』や『ギヤマン　ビードロ』から採られた短編もある。いずれも無難な線、という風に見えるし、たとえば吉田満の『戦艦大和ノ最期』はない。また、怪奇ものはあっても推理小説はない。江戸川乱歩は『押絵と旅する男』があるが、『二銭銅貨』や『心理試験』など初期の短編は十分入れてもいいと思うし、ポオの翻訳もいい。岡本綺堂の『半七捕物帳』から採ってもいい。推理小説など通俗だというのかもしれないが、これらよりO・ヘンリーのほうがよっぽど通俗である。最近齋藤孝の『声に出して読みたい日本語』が売れているが、教科書に落語も入れて、現物も聴かせればいい。ところで気になるのが『とんかつ』で、この掌編は、十数年前話題になったお涙頂戴童話『一杯のかけそば』と構成が同じなのである（『とんかつ』は一九九〇年だから、あと）。三浦哲郎は優れた短編作家だが、こんなものが高校生によって代表作だと思われたら気の毒だ。もっとも『一杯のかけそば』の映画は文部省選定になっているから、要するに文部官僚には文学が分からない、ということになる。そして、義務教育でもない高校の教科書の検定は、絶対、やめるべきである。こういうちまちました教科書を使うより、むしろ英米で行なわれているように、長編を文庫本で読ませて授業をしたほうがいい。『俘虜記』にしても、どうせ載っているのは冒頭部分だけで、本当に面白いのは長編としての全体なのだ。あと、よく分からない作品が入っている。『寒山拾得《じっとく》』『赤西蠣太《かきた》』、『アルプスの少女』（石川淳）、『プルートーのわな』（安部公房）などだ。『寒山拾得』は文章がいいと言われているが、全体としては難しい。『赤西蠣太』は、伊達騒動について一通りの知識がないと理解できないし、あとの二つは寓話らしいのだが、ちっともよくなくて、説明されても、ああそうですかとしか思わない。

これらの教科書採用作品は、全体として、「死」について考えさせたがる傾向がある。ところがその一方で、生きていればぶつからざるをえない恋愛を含めた人事は避けているのである。我未だ生を知らず、焉《いずく》んぞ死を知らんや、であって、生を教えずに死ばかり教えるのは、おかしなものだ。それくらいなら、初期仏典でも入れたほうがましである。「文学教育」としてこの教科書全体に点をつければ、二十点くらいだ。

＊

さて、では日本語教育としてはどうか。本川達雄の明晰な文章、あるいは優れた言語学者である池上嘉彦の文章が七点入っているのは喜ぶべきことだ。しかし感心しないのは、たとえば谷崎の「含蓄について」が一点ある。これは『文章読本』の最後の節だが、だいたいこの本は、藝術的な文章と実用的な文章に区別はないなどと冒頭から宣言している困った本で、＊この最後の節でも、すべてを言わず曖昧にしておけ、と勧めているのはどうみたって藝術的な文章のための話であって、文学者養成所ではない高校でこんなことを教えられては困る。谷崎の評論というのはあまり論理的ではないのだが（與謝野晶子の評論もあるが、晶子もあまり論理的ではない）、一番人気の『陰翳礼賛』は、まあいいとしよう。

困るのは依然として小林秀雄の多いことである。まず『無常という事』だが、文庫本で四ページ半、全編独り合点で、分かるやつだけ読めという態度、人は小林教徒になることによってしかこの飛躍だらけの文章を読むことはできない。そして小林にかぶれた文学青年が大学でわけの分からないレポートを書いてきたりするのである。私もかつてそうだった。いきなり引用があって、それが『一言芳談抄《いちごんほうだんしょう》』のなかにあると言いつつそれがいかなる書物かは一切説明なし、次の行ではもう比叡山に行って蕎麦を食い、「実は、何を書くのか判然しないままに書き始めているのである」と人を食った展開で、段落が変わると今度は突然『徒然草』で、またいきなり「子供らしい」と来るのだが、むしろこう独り合点で話を進める小林のやり方のほうがよほど子供らしい。この種の文章を文学かぶれの教育者たちがありがたがってきたから日本語は非論理的だなどと言われる結果を招いたのである。しかもこういう書き方をしないと「文藝評論」にはならないようで、三浦雅士は講談社選書メチエの『身体の零度』ではみごとに論理的な文章を書いたのに、文藝評論として『青春の終焉』を書くと、冒頭から小林を引用し、読解不能なはずのその文章を三浦は理解してしまっていて、つまり読解不能なものを理解するのが文藝評論家らしく、だから私は文藝評論家と名乗らないのである。

三点採られている小林の『美を求める心』は戦後のものだから文章はましになっているが、言っていることは印象派の美学と、眼を鍛えろという精神論で、美は勉強して感じるものではないなどと、図像学や文藝理論が発達した今日の文学や美術の研究者が読めば失笑してしまうような内容だ。デュシャンの『泉』は、眼を鍛えれば美に見えるのか。だいいち「美」なるものを自然ないし藝術作品に限定するようなやり方は、既に井上章一が、美人を見るとどんな藝術作品を見るよりも心を動かされる、と述べた時に無効になったはずだ。こんなものを載せるくらいなら、能の観方を丁寧に、平易な文章で述べた白洲正子の『お能』を入れたほうがずっといい。白洲は小林から出て小林を乗り越えたひとである。あるいは「漫画」も入っているが、『のらくろ』の田河水泡は義弟であるといった話から、ディズニーだのフクちゃんだの「笑い」の話で、論旨はともかく、その後の日本におけるストーリー漫画やアニメーションの展開に照らせば、およそこういうものを教科書に載せるのは時代錯誤というほかない。現代日本語をダメにした元凶の一人は紛れもなく小林であり、その文章を教科書や入試問題に出してきた者たちだ。昔から丸谷才一が小林はよせと言っているのに、耳を傾ける者が少なすぎる。

その小林を『教祖の文学』で批判した坂口安吾の評論もいくつか入っている。なかで一点だけ採られている『恋愛論』は、細かい点はともかく、ほぼ現在の研究水準でも読むに耐える。ほかに、北村透谷『厭世詩家と女性』や伊藤整『近代日本における「愛」の虚偽』を入れている教科書もあって、ちょっと手前味噌だが、敬意を表したくなる。ただしそれなら、秋山駿の『恋愛の発見』も入れてほしいが、恋愛とは「学校的知性」を逸脱するものであるというこのエッセイは、教科書に恋愛小説が少ない理由を言い当ててしまっているからまずいのかもしれない。じっさい教科書とは透谷の言う「俗界の通弁」である。さて安吾では、『文学のふるさと』が五点採られていて、論旨はちょっと秋山のそれに似ているのだが、これは良くない。

まず安吾は、ペローの童話「赤頭巾」には、「教訓、モラル」がない、と言いだす。けれど岩波文庫の『完訳 ペロー童話集』をみれば、ちゃんと「教訓」がついていて、若い娘は見知らぬ者に気を許してはならない、という意味の詩になっている。次に安吾はある狂言の例を出して、大名が太郎冠者《たろうかじゃ》をつれて寺詣でをし、寺の屋根の鬼瓦を見て、それが自分の女房に似ているので悲しいと言って泣く、という。これは『鬼瓦』という狂言だが、岩波文庫の大蔵虎寛本『能狂言』で見ると、大名は「鬼瓦を見たれば、しきりに女共がなつかしう成たいやい」と言って泣くのであり、太郎冠者は、帰ればすぐ会えるのだから、と言って慰めている。この狂言が笑えるのは、鬼瓦なるものが醜く恐ろしいものであると知らずに、自分の女房に似ていると言って懐かしがる田舎大名が滑稽だからである。ところが安吾は「鬼瓦を見て泣いてゐる大名に、あなたの奥さんばかりぢやないのだからと言つて慰めても」云々と書いていて、どうやら女房が鬼瓦に似ているのが情けなくて大名が泣いているのだと思っているらしい（引用は全集より）。

最後に安吾は、『伊勢物語』第六段「芥河《あくたがわ》」を持ち出して、男が女を口説いて三年目に女がうんと言ったので連れて逃げると鬼に食われて、と言い、そのむごたらしさが美しい、などと言うのだが、原文には「年を経て」とあるだけで三年とは書いていないし、ちゃんと最後に、これは二条の后であって、兄たちが取り戻したのを、鬼が食ったとしたのだと書いてある。しかしそういうのは揚げ足取りというもので、モラルのない、突き放されたようなところに文学のふるさとがあるのだという安吾の論旨には影響しないだろう、と言う人もいよう。だが、教科書に載るとなると話は別だ。私たちは生徒に、事実に基づいて議論を進めることを教えなければならない。もしその生徒が大学へ進めば、否応なくそのようなレポートや論文を書かされるだろう。繰り返すが、高校は作家の養成所ではないのだ。こんなに事実誤認の多い評論で、しかも結論を「文学のふるさと」などという中途半端な文学神聖論へ持っていくものを教えられては困る。それに、モラルのないところに文学がある、などといったら、筒井康隆の『無人警察』がなぜ問題を起こしたのか分からなくなるではないか。こんなものを載せるくらいなら、三浦俊彦がその問題にからめて、文学と道徳の関係を論じた「他者、言語、制度」（鶴田欣也編『日本文学における〈他者〉』新曜社）を載せるべきだ。

現代の評論では、山崎正和の「水の東西」と「文化論の陥穽」「文化論の落とし穴」というのが多く採られている。「陥穽」は従来の「文化論」を反省するもので、基本的に異論はない。一九七〇年代から八〇年代にかけて、国語教科書や受験国語の世界を「日本文化論」が席捲したことがあった。これへの批判としてまず言われたのは、李御寧《いおりょん》が『「縮み」志向の日本人』で土居健郎《たけお》の「甘え」理論を批判して、日本と西洋の対比しかせずアジアを無視するのはおかしい、といったような、もっぱら西洋と対比するやり方の欠陥だった。ただしその李自身がここで展開したのも胡散《うさん》臭い比較文化論だったのだが、たとえば小林秀雄の『お月見』というのもよく採られているが、これなども、日本と西洋の比較に過ぎない。また日本文化論は、時代の差、階層による差を無視して「日本人」が一枚岩的に存在するように前提する傾向がある。「日本人の何とか」という題の評論がいくつかあるのも気になる。山崎がむかし書いた『劇的なる日本人』も、私が高校のころ教科書に抜粋で載っていて、今でも一社が採っているが、抜粋箇所はやはり、『古今集』と世阿弥と本居宣長、といった恣意的な日本の藝術論を論じて西洋文化と対比させるもので、学問的に信用できないし、では他のアジアではどうなのかという視点が欠けている。

漱石の講演は、二つともいいものだ。『現代日本の開化』は、後半の日本と西洋の対比が怪しいけれど、しかし皮肉なのは前半の、便利になればなるほど仕事が増えるという近代の病弊の指摘が、今まさに携帯電話とインターネットによって加速しているところだということで、この文章を教える教師も携帯を持っているかもしれず、生徒もこれを読んで携帯を捨てるかどうか疑わしい。つまり「上すべり」に読んでいるだけなのだ。『私の個人主義』だって、「党派心がなくって理非のある主義」だとされているが、教師の世界にせよ教科書を作る学者の世界にせよ生徒がこれから出ていく実社会にせよ、党派心で満ち満ちている。顔赧《あか》らめずにこの文章を教えられる者がどれほどいるだろうか。

ところで、現代の筆者としては、ジャーナリズムに出ることの多い評論家的学者、学者的作家のものが多いのだが、なぜか丸谷才一、江藤淳、梅原猛のものが見当たらない。江藤はその右派的な立場が嫌われているのかもしれないが、「明治の一知識人」くらい入れてもいいのではないか。丸谷がないのは、旧仮名の修正に応じないからかもしれない。おかげで福田恆存もないのだが、どうせ古文で旧仮名は教えているのだから、口語文は新仮名、などとこわばらなくてもいいだろう。丸谷の「趣向について」など、小林秀雄などよりずっといい。一時期なにやら旧仮名を使うのは保守派のように思われていたようだが、国家が定めた正字法に従わなければならないというほうがよほど事大主義である。梅原がないのは不思議だが、もしかするとあの繊細さのない粗削りな文体が嫌われているのかもしれない。だが、文学者になるわけではない高校生たちに教えるのは、むしろそういう、即物的な文体のほうがいい。といっても「日本文化論」は感心しないから、『学問のすゝめ』の前半とか、『仏像のこころ』とかからの抜粋がいいだろう。ほかに中井久夫の文章もさきの『ちくま現代文』に一編採られているが、「治療の政治学」など、もっと入れてほしい。ほかに、昔の高等小学校の教科書などにはよく簡単な「偉人伝」が載っていたのだが、今ではほとんどない。遠藤周作の『コルベ神父』があるくらいか。短編評伝とか短編の人物小説とかをもっと入れてほしい。

ところで寺田寅彦の随筆『案内者』が三点採られており、苦笑してしまった。これは旅行案内記の得失を論じたものだが、「名所旧跡の案内者のいちばん困るのは何か少しよけいなものを見ようとするとNo time, sir! などと言って引っ立てる事である」とあるのは、恋愛小説を読ませまいとする国語教科書そのもののようだし、「困るのは、既に在る案内記の内容をそのままにいいかげんに継ぎ合わせてこしらえたような案内記の多い事である」というのは、作品のむやみな重複を指しているようだからだ。寺田は言う。「職業的案内者がこのような不幸な境界《きょうがい》（同じ事を繰り返しているうちに自分では何も感じなくなること）に陥らぬためには絶えざる努力が必要である」。国語教師も同様であって、教科書とその指導の手引きで教えるのではなく、教科書はあくまで参考で、自分がいいと思う長編小説や評論を課題教材にしてもらいたい。

むかし夏目漱石は、「文学」というのが漢学でいう、歴史や倫理を含んだもののことだと思い、「洋学隊の隊長」たらんとして英文学を学び、裏切られたように思ったが、ロンドン留学を命じられた時、課題は「英語研究」だった。日本の国語教育は未だにこの種のベル・レットルと言語の混同から免れていないようだ。

＊その後『谷崎潤一郎伝』（中央公論社、二〇〇六年）で谷崎がこう書いた理由には触れたが、一般論としてはやはり無理だ。

## 岡田美知代と花袋「蒲団」について

田山花袋の「蒲団」が発表されて、今年（二〇〇七年）でちょうど百年になる。そういうことをいえば、昨年は「坊っちゃん」や『破戒』百年だったわけで、大東《おおひがし》和重の『文学の誕生』（講談社選書メチエ、二〇〇六年）が、明治三十九年前後を、いわゆる「日本近代文学」の誕生の時期と位置づけていることを思えば、「日本近代文学は百歳になった」とも言えるだろう。

「蒲団」は、日本近代文学史に屹立する短編である。しかし、その評価は、今なお、まるで近年の新作であるかのように、定まることがない。中村光夫はこれを、日本近代文学の方向を歪めたものとして否定し、柄谷行人は、花袋はとるにたらないことを告白しただけであり、もっと悪いことをしているはずだと述べた（『日本近代文学の起源』一九八〇年）。私は柄谷に対して、もっと悪いこととは何か、そんなものはありえないと駁論し、花袋はセンセーションを巻き起こして一躍文壇の支配者となることに成功したのだと書いた（『〈男の恋〉の文学史』一九九七年、および、『明治の文学　田山花袋』解説、二〇〇一年）。ただし後段は平野謙説をくり返しただけだ。すると柄谷は、花袋はその野心を隠したのだと述べた（『必読書150』太田出版、二〇〇二年）。私は追って、当時の作家が、野心を隠す必要などどこにもないと反駁した。どうやら「蒲団」は、もて男の神経を逆撫でするようなところがあるらしく、ドン・ファン的人間であることを自認するヨコタ村上孝之は『色男の研究』（角川学芸出版、二〇〇七年）で、「蒲団」が発表されても、岡田美知代は自分がモデルであることに気づかなかった、とふしぎなことを書いている。どうやら、花袋の「恋情」がフィクションだと思っていたということらしいのだが、その問題はあとに譲るとして、仮に花袋が本当に美知代に恋慕していたとしても、美知代自身がそれを当初否定したのは、自己の体面を守るためだったろうし、ヨコタ村上のように、だから花袋はコミュニケーション能力を欠いていたのだと途方もない結論へ持っていくのは、論外である。

「蒲団」は、どうやら、冷静な文学論よりも、個々の読み手の、人間としての本性を剔き出しにする性格を持っているらしい。それが、この作の名品たるゆえんである。

「蒲団」に対しては、近年、「喪男《もおとこ》」と自称する「もてない男」たちが、密かな関心を抱いている。「横山芳子」という名は、あたかもベアトリーチェのように、もてない男を袖にする女の代名詞として使われている。柄谷やヨコタ村上が、こうした男たちに抱く感情は、ちょうど、西洋人が日本人に対して抱くそれに似ている。オランダ人たちは、日本人のような黄色人種が、自分たちからインドネシアを奪ったことを生意気だと感じており（カウスブルック『西欧の植民地喪失と日本』草思社、一九九八年）、イスパニアの独裁者フランコは、第二次大戦で黄色人種をやっつけたというので、英国首相チャーチルを尊敬していた。それと同じだ。

「蒲団」に描かれた竹中時雄の恋慕が、事実なのか虚構なのかについては、長いこと議論が続けられてきた。その様子は、加藤秀爾編『近代文学作品論叢書　田山花袋「蒲団」作品論集成』全三巻（大空社、一九九八年、以後「集成」と略）に詳しい。昭和十四年（一九三九）六月の『中央公論』には、「蒲団」発表後の、花袋と美知代の両親との間に交わされた書簡が、実名を作品中の名に変えて掲載され（「集成」所収）、平野謙はこれを見て、花袋の恋慕が事実であればこんなことはありえないと論じた（『藝術と実生活』「田山花袋」昭和三十一年）。しかし、多くの資料は、あまり人目につかないところにある。モデルである岡田美知代は、一冊分になるほどの小説を発表しているが、これを集めたものはないし、「田中秀夫」のモデルの永代《ながよ》静雄についても、『不思議の国のアリス』の翻訳もしていることなど、あまり知られていないが、これについては在野の研究家大西小生《しょうせい》が、私家版『「アリス物語」「黒姫物語」とその周辺』（ネガ！スタジオ、二〇〇七年）を出している。花袋研究学会というのもあって、学会誌を出しているのも知られておらず、館林市の田山花袋記念館が刊行している資料も、知られていない。なかんずく、一九九三年に同市が出した『「蒲団」をめぐる書簡集』（以下、「書簡集」と略）は、驚くべき資料集であり、花袋研究の第一人者たる小林一郎の詳細な解題がついているのだが、まるで話題にもならず、ヨコタ村上のように適当なことを書く者がいる。そこで、この資料を踏まえて、改めて岡田美知代の生涯を辿り、「蒲団」の事実と虚構について述べてみたい。

1

美知代は、明治十八年（一八八五）、広島県甲奴《こうぬ》郡上下《じょうげ》町に、富豪の岡田胖十郎《ばんじゅうろう》、美那夫婦の長女として生まれた。父は桜屋という老舗の油店の当主で、県会議員を務め、備後銀行を創設し、のちこれが山陽銀行となった。土地の有力者である。七つ年上の兄実麿《じつまろ》は、同志社、慶応義塾を卒業して「時事新報」の北京特派員となり、明治三十三年に米国オハイオ州オベリン大学に留学、三十五年から神戸高等商業学校教授を務めていたが、その後夏目漱石の後任として第一高等学校の英語教師となり、明治大学教授も務め、ポオ、シェンキェヴィッチ、メリメなどの翻訳を出し、英語の教科書を数多く刊行している。次兄東稲《つかね》は出来が悪かったようだが、妹万寿代は、北大教授、庄原市長を務めた八谷《やたがい》正義に嫁いだ。ほかに弟の三米《さんべい》がいた。母の美那は尾道市の豪商の娘で、同志社に学んだ敬虔なキリスト教徒だったという。つまり素封家でもあり、知的階層に属する兄もある、恵まれた境遇の少女だったわけだ。のち夫となる永代静雄は一つ年下なので、谷崎潤一郎と同年に当たる。

美知代は、どこへ行くにも召使がついていくというお嬢様育ちで、尋常小学校高等科を卒業、神戸女学院に入学したが、当時、神戸山手通にあった女学院へ通うため、現在の神戸市兵庫区にある奥平野の兄の家に住んでいた。「蒲団」では、女学生から入門志願の手紙が来るが、美知代がこれを出したのは神戸からで、明治三十六年（一九〇三）七月に出されている。美知代は数えで十九歳、神戸女学院の三年生だった。母が嫁に来るとき持ってきた『女学雑誌』や『小公子』を読むことから文学に関心を深めたが、当時のミッション系の学校のこととて、文学などは堕落への道と見なされており、美知代には窮屈だったようだ。美知代はこの年一月の『中学世界』に、岩谷敏雄の筆名で「小使」という作品を投稿して掲載されていた。

花袋田山録弥は明治四年（一八七一）の生まれだから、美知代との年齢差は十四である。若い時から、柳田國男、ついで国木田独歩を友人としていた。数え二十九歳で、太田玉茗《ぎょくめい》の妹里さ（利佐子）二十歳と結婚、その頃三人目の子供を妻が懐妊していた。「蒲団」で、いささか不自然と思われるのは、文学者としてはさして名も知られていないように描かれている竹中時雄に、地方の少女が弟子入り志願する点だが、花袋は当時、少女趣味とも言うべきロマンティックな作風で、それ相応に文学少女に人気があったのである。なかでも『ふる郷』（明治三十二年）は、若者たちに大きな影響を与えており、これはのちの伊藤左千夫の「野菊の墓」の原型のような中編である。また花袋は、西洋の小説を英訳などで数多く読んでいることでも知られていた。晩年の太った写真ばかりが流布しているが、若いころの花袋は、美男ではないが背も高く風采もそう悪くない。

それから花袋と美知代との間に、小説通りの手紙のやり取りがあり、翌年、父に連れられて上京するのだが、三十六年（一九〇三）暮れには、美知代は手編みの毛糸のシャツを花袋に送っている。花袋は、東京で女子大学に入学したいという美知代のために、日本女子大学校の規則書などを調べている。

ただ、「蒲団」でも、その続きである長編『縁』でも、娘は思いのほか美しかったと書いてある。私が、「蒲団」に描かれた、花袋の恋慕は虚構であると論じたのは、これが事実とは思えないからである。当時の美知代の写真を見ても、若ければこその愛らしさはあるが、妻子ある花袋が本気で迷うほどの美貌とは、とうてい言えない。

ところが、美知代が上京してほどない三十七年（一九〇四）三月から、花袋は日露戦争に記者として従軍しており、このことは「蒲団」からはまったく省略されている。そして、この時に、花袋と美知代の間で交わされた書簡が、「書簡集」で初めて明らかにされた、少々驚くべきものなのである。三月二十八日付で、広島に滞在中の花袋に宛てた美知代の手紙は、候文で書かれているが、

何卒《なにとぞ》〳〵

御身をいとはせ玉ひ面白き材料を沢山に御あつめあそばして一日も早く御帰り被下《くだされ》候やうそれのみ御待ち申候

かなしかりきさきくとばかりもの云はず西行く君を見送りし夕

未来に栄《はえ》ある君の御いでたちにてかなしき訳はなき筈なるを、別れといえばかなしくて……

せめて涙は御免《おゆる》し被下度候。（後略）

そして、「一入《ひとしお》師の君恋しう存候」「君は今西へ四百里春の日を此身涙にもの思ひ暮らす」などとあ

るのを、小林氏は「恋文」だという。これに花袋は感奮し、長い返事を書いている。これは封筒がなく「二日」とのみあるので四月二日と推定されているが、内容は「如何なる縁ありて御身とわれとかくまで相触るゝ師弟の関係を生したりけむ御身は美の神の使者――われを昔のうつくしき夢のさかひに引もとさんとする美の神の使者」などとしているが、後で気がさしたのか、最後に「この手紙妻にも御見せ被下度」などと書いている。

現在でも、十九くらいの女子大生が、三十代前半の教師に対して、尊敬の念を取り違えるような形で媚態めいたものを示したり、それを恋だと思い込んでしまったりすることはよくある。この時は、出会ってすぐ、また戦時下であるゆえに、両者とも興奮していたと見るべきだろう。だが、引き続いての書簡のやり取りのなかで、美知代はさらに驚くべきことを言い出す。花袋が、引き受けたばかりの美知代を置いて行ってしまうのは無責任で申し訳ないと丁寧に書いたのに対して、美知代は、候文ではない、口語文で「愈々御出征、万歳！万歳!!万々歳!!! だが拾日も海の上に居らつしやいましては、嘸《さぞ》かし御疲れ遊ばしたでせう先生！　どうか国家のため、我文壇のため御自愛あそばして……私はそればかりを祈つて居ます」などと始まるのだが、最後に突然、ヒステリーでも起こしたように、

泣き度いわ、――先生の御手紙！私口惜しいのよ　何故つて先生、無責任だの何だのと、私存《ぞん》じませんよ、あんまりですわ、水臭い！　もう〳〵そんな水臭いことを仰るんなら、私死んじ

まうわ　私は先生を、……却つて失礼でせうけれ共《ども》師の君だと心から身も魂もさゝげて事《つか》へてるのですよ、私の不束《ふつつか》なため先生からあんな水臭い事を言はれるのでせう　けれ共私は口惜しい、どうか先生再びあんな事を仰《おつしや》つて私をお泣かせ被下《くださ》いませんやうに……今年は上野も向島も存ませんで花を散らしましたが、来年はおともさせて頂戴な、まつて居ますよ、では呉れ〳〵も御自愛あそばせ、さよなら

というのだが、確かにこれでは「恋文」だ。ただ、美知代が逆上しているのは、その前の「無責任」云々の手紙というより、それより前の、「美の使者」と書きながら、妻にも見せるようにと書いた手紙のせいではあるまいか。これに対する花袋の返事は飽くまで冷静だが、それも、妻が見る可能性があるからだろう。そして、美知代のこうした手紙を見て初めて、「蒲団」の冒頭部分が理解できるのだ。

『（中略）あれだけの愛情を自分に注いだのは単に愛情としてのみで、恋ではなかつたらうか』（中略）妻があり、子があり、世間があり、師弟の関係があればこそ敢て激しい恋に落ちなかつたが、語り合う胸の轟、相見る眼の光、其底には確かに凄じい嵐が潜んで居たのである。（中略）あの熱烈なる一封の手紙、陰に陽に其の胸の悶を訴へて、丁度自然の力が此身を圧迫するかのやうに、最後の情を伝へて来た時、其謎を此身が解いて遣らなかつた。女性のつゝま

しやかな性として、其上に猶露はに迫つて来ることが何うして出来やう。

というあたりである。「蒲団」は、芳子と具体的にどのようなやりとりがあったかを書いていないので、ここのところが時雄の妄想のように思えてしまうのだが、美知代が現にこのような手紙を出していたと知れば、この書き出しの意味ははっきりしすぎるほどはっきりする。「書簡集」が明らかにした事実のうち、最も重要なのは、これである。花袋と美知代の間には、そのような情熱的な何ごともなく、これは片思いだったのだという見解は、事実に関していえば、これで修正を余儀なくされるだろう。

ただし花袋は明治四十二年の短編「拳銃」でこの手紙について少し触れている。妻が「水臭い」という箇所を見つけて夫を疑っていたところ、拳銃が暴発して、夫は「もし妻が死んだら」と思うという心理小説である。こうした、美知代が登場するその後の作品については、宮内俊介《としすけ》「横山芳子のその後」(『田山花袋論攷』双文社出版、二〇〇三年)に詳しい。

さて、「蒲団」にも、芳子がほどなく竹中家を出たとあり、実際にはこの頃、美知代は夫人のりさの姉浅井かくの所に転居しているが、そこからりさ宛に出した葉書の文面が、妙に馴れ馴れしく、「奥様先日は失敬!」と始まり「思し召の品を調《ととの》へてお置きなさい」と終わっている。小林氏も言うとおり、美知代には、自分が花袋の恋人であるかのような気分に陥り、ためにりさとの間に確執が生じていたようだが、それも、花袋の態度からというより、美知代のこうした姿勢が大きかったのではないかと思われる。りさは美知代の五つ年上で、まだ二十代で、客観的には美知代よりずっと美貌である（花袋や妻の若いころの写真は、『日本文学アルバム　田山花袋』〔筑摩書房、一九五九年〕にある）。美知代が来た時も妊娠中だったが、その後も続いて何人も子をなしており、妻の妊娠中は花袋は性欲に苦しんだとされている。

美知代は津田英学塾の試験を受けたが通らず、予科に通い始めている。また三十七年六月二十二日付と推定されている美知代の手紙に、森田という青年が「美知代といふ女は我儘の口惜しかりの負け惜しみの仕方もなき女殊にはでな気にて文学者にハ適せず政治家の妻君より外用《ほかもち》ひ道のなき女だと申され候由」とあるのは、その性格をよく言い当てていると言えよう。

さらに美知代は「私も御手紙さし上度《あげたく》存《ぞんじ》候も余り度々にて戦争の処へのんきらしく御らんあそばし候がうるさくてハとわざと差ひかえ居候らひしが先日の御手紙にてハ左様にてもなきやう故この後ハ度〻さし上べく候もし御いそがしき時ハかくしの中にまろめおきて淋しく御用のなき折りとり出して御覧被下度《くだされたく》それにて私も満足致し候」と花袋に書いている。意味としては、忙しくて手紙が読めないようなら、ということだが、「淋しく」などとあるから、淋しくなったら私の手紙を読んで慰めにして頂戴ネ、という感じで、やはり恋文めいている。この後美知代は、予科が夏休みになったため上下町に帰省しているが、そこから出した七月二十八日の手紙は、花袋の帰国が近いのを知って「もはや御拝眉の日も近く相成りうれしく嬉れしくうれしく候ふ昨年の今日此頃ハ失礼なる文奉りて、御返事を今日か明日かとまち侘《わ》びつ〻もしお怒り遊ばさば如何に等《など》案し煩《わずら》ひ候らひしが、今年の今日ハ斯《か》く敬愛なる師の君よと仰ぎて文奉り得ること、思へばうれしう有難う候今宵はわけて種々なる追懐に眼も冴えて眠られず師の君恋しう懐しと思ふ情ハ恪《ママ》も潮の海門に押よせ候が如く激しき勢もて胸をつき、まこと堪え難く孤燈の下に此文認めて御膝下《しっか》にさゝげ候ふ」などとある。若い娘からこんな手紙を立て続けに貰ったら、たいていの男は意馬心猿《いばしんえん》となるだろう。

花袋が帰国して東京に着いたのは三十七年九月十九日で、美知代の上京の日付は不明だが、上京した美知代はやはり浅井方に寄宿しており、十二月二十四日付で花袋が出した手紙には、「私は貴嬢《あなた》をすく《ママ》れた詩人に為《し》たいと思つて居りますばかり、父君にもこの事はよく御含みを願つた筈です。（中略）ですから、私が貴嬢をあしかれと思つたことなどは少しもないので、もし其女（学生）とかがそんな風なことを噂して、貴嬢を私が内々囲つて居るなど、言つたのが知たら、それは、ほんの噂、歯牙にかけるほどのことも無いのですから安心してください。（中略）それから、貴嬢に一つ御忠告し度《た》いのは、あまり深くも性質を知らない友人に、くだらぬことを言はぬやうに為《な》さい。（中略）私はかう見えても文壇の上では清い健全な考を抱いて居るので、此頃よく耳にするやうな手合とは訳が違ふつもりです」などとある。美知代が、花袋との関係を割に軽薄に友人に話し、愛人だといった噂を聞かされて花袋に訴えて来、自分のために先生が迷惑をこうむるのは心苦しいとか何とか言って、花袋に甘えてみせたのだろう。

直木賞作家和田芳恵（男）が、昭和三十二年、『婦人朝日』連載の「名作のモデルを訪ねて」で、妹の家に住んでいた美知代を訪ねて聞いた話では、この当時、やはり投書家の文学青年の、春潮松本修二という者から呼び出され、九段靖国神社の大村益次郎の銅像のところで会ったが、春潮がもじもじして何も言わず、日が暮れてきたので美知代は断わって帰ってしまい、失恋した春潮は帰郷した、とある（「集成」所収、和田『おもかげの人々――名作のモデルを訪ねて』〔講談社、一九五八年／光風社書店、一九七六年〕がある）。

　翌明治三十八年（一九〇五）に、美知代が永代静雄と知り合う。永代は明治十九年（一八八六）二月、兵庫県美嚢郡前田村（現吉川町）に、天津神社神官長谷川順の三男として生まれた。吉川《よかわ》町は神戸の北隣である。明治三十一年、父の死に伴い、父の生家東林寺の住職だった永代義節の養子になった。伯父永代義融の養子となっていた長兄大円（斎）とともに大日本進学会を結成し、雑誌『千代の誉』を刊行していたという。ほかに次兄庸雄は上岡家の養子となり、母と妹のぶゑは近藤家に籍を置いた。三十五年に牧師になるために神戸に出て神戸教会に属し、関西学院神学部に入ったが、翌三十六年、京都の同志社神学部に転学したという（静雄については、田山花袋記念館の「永代静雄展」（一九九一年）のパンフレットを参照した）。友人蕗律《ろりつ》中山三郎の「花袋氏の作『蒲団』に現はれたる事実」（『新声』明治四十年十月、「集成」所収）によると、永代は優れた伝道家で、村松吉太郎が見込んで同志社へ送り込んだのだという。神官の家に生まれ、寺の養子となりながらキリスト教の道を選んだわけだが、美知代も神戸教会に属していたのが二人の接点だった。

　だが、二人が正確にどのように知り合ったのかは、中山も詳しくは知らないと書いている。中山によれば、明治三十六年十月に中山が永代に会って、美知代が花袋の弟子になった話をしたところ、永代は「そうかい、あれがそうだったかい」と言ったが、翌三十七年夏、神戸に帰省中の永代に会いに行った時、永代から広島へ帰省中の美知代宛の手紙の投函を託されて驚いたという。そしてその同じ夏、関西学院で開かれたキリスト教の夏季学校で二人は出会い、「密《ママ》の如き恋を二人は囁いたのであつた」とある。和田の取材によれば中山は十四歳の頃から美知代と知り合いで、この時二人を引き合わせたというから、手紙のやり取りのみあって、実際に会ったことはなかったのだろう。しかしこの時の語らいは「ラブ」ではなく、ラブになったのはその後の手紙のやり取りのなかでだったと、和田の取材に答えて美知代は言っている。

だとすると、美知代から花袋宛の手紙の恋人気取りの調子が、みごとにこの三十七年夏以降、消えているのと符節を合わせている。これ以後美知代は病気がちになり、三十八年五月には上下町へ帰っている。花袋は六月七日、美知代に宛てた手紙に、ロマンティックな長い詩を載せ、「新詩一篇入御覧《ごらんにいれ》候」としている。中途から引くと、

さひしさのわが胸
あゝさひしさのわか胸
白き其影今行くよ
天馬の手綱つめのおと

もえるる《ママ》血汐も濁る黄や
大空夢も地の闇
ひとり住み、ひとり悶へ、ひとり狂ひ
――みだれ御魂の消えにし今、

といった具合で、小林氏は、花袋が「欲情」をぶつけており、美知代はどう思っただろうか、としているが、事態は明白で、恋人のできた美知代がかつて見せたような媚態を見せなくなり、梯子を外された形になった花袋は、改めて美知代に恋慕の情を抱き始めたわけで、よくあることだ。だが、美知代はこれに答えない。六月二十日の絵葉書では「岡田刈萱《かるかや》女史」と宛名を書いている。説経節「かるかや」は、加藤繁氏《しげうじ》という武士が、妾を迎え、しかし正妻と妾の間の憎みあいを知って出家し刈萱道心と名乗る話だから、花袋は妻と美知代をこれになぞらえて、遠回しに恋情を伝えたのかもしれない。ただ、後で永代も美知代宛の葉書に「かるかや」と書いている。

花袋は七月六日の手紙でも、より長い詩を書いており、何とか美知代との間の恋愛遊戯を復活させようとしているようだ。その間、六月に、花袋は江見水蔭《すいいん》に苦悩を打ち明けたことが、水蔭の『自己中心明治文壇史』(昭和二年)に書いてある。伊香保での文学会に出て、汽車で帰る途次であろう、「車中で花袋が自分に向つて――人生の寂寞《せきばく》――に就て煩悶に耐えぬ。何んとかして救はれる道はあるまいか、と訴へた。/自分は、頭脳が悪いので、それは何か趣味に隠れたら好いだらう。

我々の遺跡探検に加入し給へ、なんど云つて慰めたが、豈《あ》に図らんや此時代には、例の『蒲団』事件の最中なので、彼の訴へたのと、自分の慰めたのとは、全然喰ひ違つてゐたのを後で知つて「何んだ、馬鹿にしてゐやァがる。」然う口走つて苦笑したのであつた」とある。

こう見てくると、「蒲団」は虚構である、花袋は美知代に恋着などしていなかったという私の意見は、やはり修正しなければなるまい。ただ、始めに猛烈に働きかけたのは美知代で、それがストンと永代のほうへ行ってしまったために心理作用で花袋が失恋したような気になったという留保つきで、である。そして九月に美知代は上京してくるが、この時、神戸の兄宅を発ったのが十日、東京へ着いたのが十四日であることが分かってしまい、京都で永代に会い、少なくとも一夜を過ごしたことがばれてしまう。美知代の上京は、日比谷焼打事件の五日後である。この後は、ほぼ「蒲団」の記述通りで、文学を志す永代は十月に上京して来、花袋に会う。この時花袋は、美知代の父宛の手紙で、永代との間に体の関係はないと主張したが、父親はそれを疑っている。

そして翌三十九年（一九〇六）一月十六日に父親が上京して相談し、「蒲団」では芳子が「私は堕落女学生です」という、京都で肉体関係があったことを明かす手紙を花袋に渡すことになっている。遙か後年の昭和三十三年に美知代が『婦人朝日』に書いた「花袋の『蒲団』と私」（『日本文学研究資料叢書　自然主義文学』（有精堂、一九七五年）所収）では、そのような文言《もんごん》のない手紙が示されているが、内容としては、やはり永代と同棲したい、末まで添い遂げたい、退京させてほしいというものだった。しかし、その後の花袋が、永代を、何度か「処女の貞操《みさお》を破った」として責めていることからすれば、この手紙が現物そのままであるかどうかは別として、何らかの形で、肉体関係があったことが告白されたと見るべきだろう。

かくして美知代が父親に伴われて郷里へ帰ったのは一月二十日であった。これが、「蒲団」の結末である。小林氏が詳細に書いているが、「蒲団」の結末近く、駅での芳子の出発を陰で見送る田中の姿に、時雄が気づかなかったという、一瞬だけ視点が時雄を離れる場面があるが、これも事実であった。永代がいることに気づいたのは父親で、それを後で花袋宛の手紙で知らせてきたことが、花袋の手紙で分かる。

その三月、花袋は『文章世界』を創刊するが、これがのち、自然主義の牙城として、文壇に君臨する花袋の本拠地となるのである。その創刊号に、美知代は「栞女史」の名で創作「戦死長屋」を載せている。以後も美知代はいくつかの創作を発表しているので、年代順に載せておく。

明治三九年三月「戦死長屋」栞女史　『文章世界』
　四月「雪」　『新声』
　六月「長女」　『新声』
　「一本榎」　『文章世界』
九月「下賀茂の森」　『新声』
十月「森の黄昏」（「下賀茂の森」と同じ）　『文藝倶楽部』

十一月「月下の森」『新声』
十二月「姑ごころ」『文藝倶楽部』
「里居」『新潮』
四〇年一月「家庭」『新声』
三月「籠灯籠」『新声』
四月「わか草　処女の日記より」『新声』
五月「御おとづれ」『新声』
七月「亀さ」（岡田美知代）『新声』
十月「土手三番町」（岡田美知代子）『新声』
「『蒲団』について」（横山よし子）『新声』
四一年四月「老嬢」『文章世界』
四三年九月「ある女の手紙」（以後、永代美知代）『スバル』
十月「里子」『スバル』
十二月「一銭銅貨」『中央公論』
「岡澤の家」『ホトトギス』
四四年四月「清のぐるり」『ホトトギス』
大正　二年九月「冷い顔」『婦人評論』

三年一月「郷里のをんな」　　　　　　　『婦人評論』
六月「蛙鳴く声」　　　　　　　『新小説』
四年九月「『蒲団』『縁』及び私」　　　　　　　『新潮』
十二月「秋立つ頃」　　　　　　　『希望』

『新声』は、「青年機関」と副題があり、明治二十九年に隆文館から刊行され、明治四十三年まで続いた、文学青年の投稿雑誌である。美知代のものは全体として、日常生活に取材したもの、老嬢の悲しみや儚《はかな》い恋の物語程度のものだが（なお「書簡集」解説で「処女の日記より」が「御おとづれ」に付いているが誤り）、「御おとづれ」は、花袋からの手紙に対する感懐を描いている。

さて、永代は早稲田入学を志し、この年、早稲田高等予科文科に進学している。当時、正式な大学に入るには、高等学校を出るか、予科に学ぶのが一般的だった。その一方、『新声』に「紫津夫」の名で新体詩などを投稿し、五月には『新潮』に創作を発表している。『新潮』はその後も延々と続いて今でも文藝雑誌の最老舗だが、当時はこうした無名の新人の作でも載せていた。その間、広島の美知代との間には、激しい恋の書簡がやり取りされる。だが静雄は苦学のためか体をこわし、十月、早稲田を除籍となっている。花袋は、美知代やその両親にしばしば書簡を送り、十月には山陰旅行に出かけて、上下町の岡田家に二日滞在している。その後の十二月十六日の美知代から花袋宛の手紙は、永代との間を裂かれたことを悲しむもので、「果して恋愛が這麼風《こんなふう》なものとすれバ、ねえ先生、妾本当に悲しう御座います。永代の目的の定まらぬのハ、要するに生活の痛さに堪え切れぬからなので、妾にハよく解つて居ます、女々しいの薄志弱行のと口惜しがつても見ますけれど、考へて見れバ済まないのは、けつく私です。妾のために永代も散々苦しんで、あげくの果ハ如何でせう、一月廿日の彼の儚い別れです」云々と泣き言を並べている。これでは、花袋はひたすら永代に嫉妬の炎を燃やすばかりで、美知代は自分が花袋の感情を弄ぶ結果になっていることに気づいていないようだ。そして最後に「いづれ其内妾も死ぬ迠《まで》にハ、拙《つたな》いなから妾等二人を種の小説でも書きまして、是非先生に見て頂くつもりで御座います」とあるが、すぐに、小栗風葉の『青春』に倣い、永代とのことを描いた「青春譜」という小説を花袋に送ったらしい。明けて明治四十年（一九〇七）の花袋の書簡では、見たけれどもこれを書くにはまだ客観性が持てていない、時期尚早ではないかという意味のことが書かれている。

美知代は相変わらず、永代と添い遂げたい、永代以外の人には嫁ぐつもりはないといった手紙を書き、花袋は四月三十日付の手紙で、長々と永代を攻撃しているが、その筆頭に来るのが「処女の節操を破りたること」である。ところが、五月六日のものと推定される、美知代の母・ミナ宛の書簡（『中央公論』掲載）では、「既に霊肉共に其人に許し候上は」「今のやうに山中に空想的不健全な生活を送らしむるよりは」「小生の結論は、兎に角二人をして東京に新生活を始めしめ」るのがよいだろうと書き送っている。小林氏が、このすぐ後の五月二日の手紙と推定しているものでは、しかし、やはり結婚には反対だと言っている。だが、これは封筒もなく、「小生の意見は前便にて」とあるのを、三十日の書簡と考えてのことで、内容から推すに、もっと早い時期のものではないかと思う。一方静雄は、群馬でキリスト教徒として廃娼運動に携っていた（大西前掲書）。

　こうして、花袋が、永代と美知代の結婚を許してもいいと思い始めた頃、花袋の「少女病」が発表されている。そして七月末に、『新小説』の山岸荷葉《かよう》から小説を依頼されて、十日ほどで書いたのが「蒲団」なのである。『新小説』は、反自然主義を掲げる後藤宙外《ちゅうがい》が主宰であり、その前年三月、『文章世界』創刊と同時に、花袋の旧作「魔国」を無断掲載して抗議を受けている。ただ、自然派と反自然派の角逐《かくちく》というのは、よく分からないことが多く、この依頼もやや不思議なところがある。そこで花袋は「かくして置いたもの、壅蔽《ようへい》して置いたもの、それと打明けては自己の精神も破壊されるかと思はれるやうなもの、さういふものをも開いて出して見やうと思った」（「私のアンナ・マアル」）と『東京の三十年』（大正六年）で回想している。

> 私のアンナ・マアルは其時故郷の山の中に帰つてゐた。私はそれをその前の年の秋に、旅行の途次訪問した。私の心の中のかの女の影は愈《いよいよ》濃《こまや》かになつた。書かうか。書けばその恋をすつかり破つて棄てることを覚悟しなければならない。書くまいか、そしてその恋の時機の来るのを待たうか。
>
> 　長い間この二途に迷つてゐたが、『新小説』への約束の期限と、何かしつかりしたものを書

かなくてはならなくなつたハメと、新しい機運の動いて来てゐるのとが、私にそれを書かせるべく決心させた。

この回想もまた、事実なのか、それとも虚構をさらに虚構で固めたものなのか問題とされてきたが、ここまで辿ってくれれば、当初、美知代を郷里へ帰した花袋が、美知代が永代を諦め、また前のような恋文めいた手紙を書いてくれることを期待、妄想しており、それがありえないと分かった時点で、美知代と永代の結婚を認め、かつまた自然主義の頭目の地位を占めることになるとの「賭け」の意味も込めた作を書くことにしたのだと分かる。つまり、「書けば恋を破って棄てる」というより、既に望みがないと分かって、執筆に踏み切ったのだ。

当初、「恋と恋」という題を考えていたが、小杉天外にその題のものがあるので考えあぐねていると、博文館へ宙外から電話があって題を訊かれたので、「蒲団」と答えたという。「蒲団」の載った『新小説』四十年九月号が出たのは九月一日である。

美知代は、「蒲団」と自分との関係について、四回活字にしている。最初が、その直後の『新潮』十月号に「蒲団のヒロイン　横山よし子」名義で書いた「『蒲団』について」である。これは「新小説を開いて目録を見ました時の嬉しさ！　否、自分の事を書かれてるなどと、如何《どう》して神ならぬ身の夢更《ゆめさら》知らう筈がありません。……併し一頁二頁三頁ならずして、私はハッとしました。段々読み行くに従つて、愈々酷《ひど》くなつて来ますので、私とても浦若い女の身です。恥かしい味気無い思ひは胸一杯に込上げて嫌な嫌な嫌な気持ちに泣きました。其上、久しく姉妹とも許し合った親しい親しい友達からだしぬけに、あなたのやうな女を姉妹としたかと思ふと口惜しい、もうもう大嫌ひ、大嫌ひですと云つた調子で絶交状を寄せられては、心から情けなく」と続き、「ですけれ共考へて見ますと、藝術ですもの、仕方がないではありませんか」といったところへ落ち着く。「中には、時雄が芳子に対する情緒、それを直《す》ぐ事実と見なし、時雄は即ち作者自身で、『蒲団』は実に花袋先生の大胆なる表白である等と云つて居る人もあります相で、馬鹿々々しい、そんな事があつて堪《たま》るものですか」と、これが虚構だと主張している。友達の絶交というのは、永代と肉体関係を持ったことによるものだろう。むしろ、既にそのことは知っていた美知代の両親からすれば、「蒲団」の「あの男に身を任せて居た位なら、何も其の処女の節操《みさを》を尊ぶには当らなかつた。自分も大胆に手を出して、性慾の満足を買へば好かった」というあたりが、衝撃的だろう。

「私のアンナ・マアル」には、「やがて山の中のアンナ・マアルから悲しむやうな泣きたいやうな腹立たしいやうな手紙が来た」とある。ただこれは「書簡集」には入っていないが、その代わり、「蒲団」を読んだ時の衝撃を小説にした「小夜子」が花袋宛に送られている。「「あゝ最《も》う先生！」と悲痛な調子で、小夜子ハ堪らず読みかゝつた雑誌の上に打伏した」と始まっており、「ふとん」を読み進めて「「アラまあ如何しやう私、書かれちまつたわ」と、思はず斯う口に出して、急いで四囲を見返つたが幸聞く人も無かつたのでわななく胸にしつかと雑誌を抱えたまゝ」云々とあるが、その後、「けれ共果して、小夜子の関係した男、かりに田中と呼ばれて居る青年は、作者の描いたやうな、彼様なイヤミ沢山な男であらうか、小夜子はこれが不平で、自分のよし子を詩化し過ぎて、さも〳〵立派な美しい女の様にかいてあるのに引きかへ、これは又余り酷いと思はざるを得なかった」としているのは、大正四年の「『蒲団』『縁』及び私」で初めて公にされる不満で、その後も美知代が不満とし続けたところである。

「蒲団」には、いくつかの手紙が引用されている。だが、赤裸々に書いてあるように見えながら、出征中の花袋に美知代が出した手紙のことは書かれていない。さきに触れた「拳銃」に触れられているだけだが、花袋は大正二年に「ある朝」という驚くべき短編を発表しており、これは花袋が美知代を密かに犯したという虚構である。「ある朝」と「拳銃」は、現在あまり流布していないので、巻末に附録として掲げた。そこから、花袋と美知代に実事があったと想像する人もあるかもしれないが、永代が「処女の節操を破った」と非難していることを見れば、可能性は低い。また、美知代宛の手紙に花袋が書いた詩が恋慕の情を表明していることくらい美知代も気づいていたはずだから、虚構だと美知代が書いているのは、世間体のためでしかない。その一方、美知代自身が書いた「青春譜」や「小夜子」は、花袋が握りつぶしている。だが後者には、師に対して尊敬と信頼の念を抱いていたが、「それは実際普通以上――恋であったかも知れぬ。いや確かに崇拝の極、彼女は満身の愛を捧げた」とあって、これを花袋が発表してしまえば、「蒲団」の、時雄の滑稽な片思いという側面は削ぎ落とされるはずだった。だが花袋はあえてそれをせず、「蒲団」は、目論見どおり評判になった。

毀誉褒貶は言うまでもなく、正宗白鳥によれば、当時在米の田村松魚《しょうぎょ》から聞いた話として、「蒲団」を読んだ友人が「二階から笑ひころげて下りて来て、「オイ見ろ、田山がこんな馬鹿なことを書いてる」と云つて、雑誌を突きつけた」という（『自然主義盛衰史』）。花袋への個人攻撃も激しく、雑誌の六号活字で「色情狂」などと書かれている。花袋が隠していたことは、確かにあった。だがそれは、美知代との実事でも、野心でもなく、美知代からの恋文めいた手紙だったのだ。美知代は『新声』四十年十月号には「岡田美知代子」の署名で、浅井家に寄宿していた頃の思い出を書いているが、同誌への投稿はこれが最後になったようである。

兄の実麿がこの秋から一高に英語講師として赴任した。三月で夏目漱石が辞職して朝日新聞社員となった後任とされる。漱石は「蒲団」発表当時、初の新聞小説「虞美人草」を連載中だった。さて花袋はその九月に、愛人となる藝妓飯田代子《よね》に出会っている。それから、美知代の再上京へ向けての動きが始まるが、この間、美知代が永代と引き裂かれた苦悩から自殺を考えたこともあったようだ。花袋は花袋で、「蒲団」を読んだ両親が悪くとっていないか、気にしている。美知代は大正四年（一九一五）の文章で「『蒲団』の副主人公だと云はれたために、永代はいろんな社会上の迫害を被つて、折角出来かゝつた職業など幾度崩されたか知れません」と恨み言を述べているが、昭和三十三年のものではさらに詳しく、この時代のこととして、「就中《なかんずく》残念だつたのは、当時東京読売新聞の文芸主任、正宗白鳥氏から同じ理由で断られた、それでした」と書いている。しかし白鳥はそのことは書いていない。花袋は『縁』で、太田玉茗をモデルとした友人との会話で、

『君があの作を公にした時、其男〔永代〕に対する観察が違って居るとか、あんな男ぢやないとか、随分いろいろな批評が出たが、実際何《ど》んな男なんだえ？　有望な男かえ？』
『さうさねえ、僕にもよくは解らんがねえ。しかし出来の悪い男ぢやないんだらう。あの作には無論其男が十分に書けて居ない』

としている。あるいは、美知代と性関係があったと知れる前の美知代の両親宛の手紙では、花袋は随分永代の才能を保証している。花袋としては、嫉妬がからみつつも、できるだけのことをしたという印象を受けるのだが、『縁』を読んでなお、美知代は恨み言を言っている。

翌年明治四十一年（一九〇八）三月、数え二十八歳の森田草平が、二十二歳の平塚明子《はるこ》と塩原で情死未遂事件を起こしている。草平はこれをもとに、師の漱石の推薦で「煤煙《ばいえん》」を新聞に連載したが、今日ではあまり読まれていない。近年、「蒲団」がベストセラーになったとか、この作のために、文学少女は堕落女学生だと思われるようになったとかいう文章を見かけるが、「蒲団」は『花袋集』に収録されただけで、当時一般人はそんな文壇小説は読まないし、「煤煙」事件のほうがよほど世間に与えた衝撃は大きかっただろう。

四月、美知代は再上京し、兄の家に住んで、永代と行き来していた。四月には『文章世界』に美知代の「老嬢」が投稿作品として載っている。四月から七月まで、花袋は「生」を読売新聞に連載したが、六月には、親友国木田独歩の死という事件が起きている。事件というのは、独歩がその前に出した短編集『運命』が、「蒲団」と並んで自然主義の傑作とされ、独歩の死はあたかも自然主義全盛の二つ目の機縁となったからである。二年後に花袋はこの時期のことを『縁』に描いている。八月、美知代が妊娠していることが分かり、九月には永代と二人で失踪し、以前静雄が静養していた九十九里に隠れ住んだ。永代はこの年、実業乃日本社の『少女の友』の一月号から、「須磨子」の名で『不思議の国のアリス』の翻訳と翻案を翌年三月まで十二回にわたって連載している。最初は、「黄金の鍵」「トランプ国の女王」「海の学校」で、これは翻訳だが、それ以降の「森の魔」「底無沼」「幸福《しあはせ》の杖」などは、アリスをキャラクターとした永代の創作である。その後は「アリス物語」の表題の下に、「嫉妬《ねたみ》の神」「真珠の宮殿」「大悪龍王」「貞操《みさを》の宝」「宝の島のお正月」「海の遊び」「最後の勝利」と続く。実業乃日本社専属の挿絵画家でまだ無名の川端龍子《りゅうし》が挿絵を付けていた（楠本君恵『翻訳の国の「アリス」』（未知谷、二〇〇一年）、また「トランプ国の女王」「嫉妬の神」は、『明治翻訳文学全集　サッカレー／キャロル集』（大空社、一九九九年）に複製が載っている）。永代はその後も四十四年まで、この雑誌に児童読物を載せている。名義は、永代新川のほか、最後は本名で「幸福の秘密」がある（今田絵里香「少女雑誌にみる近代少女像の変遷」『北大大学院教育学研究科紀要』二〇〇〇年）。文学志望者が児童読物で糊口を凌ぐのは、昔も今もよくあることだ。

花袋は美知代と永代を結婚させるほかないと考え、家柄が違うからと反対する美知代の父を、自分が責任をとるからと言って説得し、美知代を花袋の養女にして嫁がせることにして、中山三郎が彼らの居場所を教え、年末に二人は帰ってきた。永代は東京毎日新聞に入社し（「毎夕新聞」は間違いだと大西が指摘している。但し現在の「毎日新聞」とは関係ない）、三郎と三人で同居を始めたのが大晦日のことで、年が明けた四十二年（一九〇九）一月に二人は結婚した。ただし入籍はずっと後である。美知代は数えで二十五になっていたが、結婚挨拶状では「田山みちよ」となっている。三月に女児を出産、花袋が千鶴子と名づけた。この年、永代は『新島襄言行録《にいじまじょう》』を著わして内外出版協会から刊行している。新島の伝と論であり、同志社の関係だろう。

『縁』でも花袋は、「敏子」として登場する美知代に、未練があるようなことを「清」（花袋）の感情として点綴《てんてつ》しているが、「蒲団」の時とはだいぶ調子の違った書きぶりである。既に『生』『妻』などの長編は、藤村の『春』『家』などと同様に、事実を少し変えて淡々と書くだけの退屈な小説になっており、これらの作が後年、自然主義といえば退屈なものだと思わせる結果をもたらした。五月に、水野仙子こと服部貞子（てい）が花袋に入門した。明治二十一年の生れなので、美知代の三つ下だが、美知代とはさほど親しくならなかったようだ。

だが永代との夫婦生活はうまく行かず、十一月には破局を迎え、美知代は仙子と同居して千鶴子を育てるようになる。破綻の経緯は『縁』にも書いてあるが、美知代が家事がまるで駄目で、一緒に暮らしてすぐ赤ん坊ができたこと、二人の未熟さなどだろうが、伊藤整『日本文壇史』には、永代が酒に溺れていたと書かれている。だが美知代は、翌四十三年三月から八月まで花袋が「毎日電報」に連載した「縁」に描かれた自分たちの姿を見て、怒りを爆発させ、事実と違うと主張している。だが、和田の取材では、静雄は「深酒をあおるようになり、酒乱の狂態を演じ」たとある。美知代は「ラブのときは、猫をかぶっているし……」と言っている。『縁』によれば、永代（馬橋）と別れるという決意の手紙を花袋（清）によこしたのは十一月六日になっている。永代はそれから関西へ戻ったが、四十三年三月、太田玉茗が千鶴子を自分の籍に入れ、寺へ里子に出した。

この頃、「縁」の連載が始まるが、美知代はろくに読まなかったと言っている。四月に永代が、仙子と暮らしている美知代の許に突然現われたが、「永代静雄展」の年譜によれば、「美知代、静雄から逃れるために、仙子と福島に身を隠す」とある。だが、このことは『縁』には書いていない。その後、東京へ戻って、仙子と初台《はつだい》にいるところへ再び永代が現われ、二人の縒《よ》りが戻り、永代は「富山新報」の記者となって、二人で富山へ行った。

そしてその九月、美知代は初めて、花袋に反逆する。『昴《すばる》』に掲載された「ある女の手紙」である。これは、整子とされている仙子と同居しているところへ、佐伯とされている永代が突然やってきて、やり直してくれないかと迫る場面から始まる。そして、「K先生」とされている花袋の最近の放蕩ぶりは酷い、と書き始める。

> 私が初めてK家へあがつた時分のK先生は、それはそれは藝術の権化かとも思はれる程純潔な方でしたが、此頃の醜態は如何《どう》でせう。藝者狂ひにうつつも抜けたか、毎日のやうに待合《まちあい》入りばつかりして、……

そして、

……先生が恨めしくつて堪らない。恋の保護者だと自分からお誓ひなさるから、此方は一しよう懸命其つもりで、あらゆる秘密を打ち明けて手頼《たよ》つて居ると、如何です、突然《だしぬけ》にお売りなすつたぢやありませんか。あの有名な先生の出世作△△で何も彼もお解《わか》りでせうから、私は面倒臭い事を今更何も書きませんけれど、あの作が出た時だつて、私はまだ先生を信じ切つて、恋の保護者と頼んで居たんです。其後先生からのお手紙に、「自分が△△に書いた自分の心持は本当の事だ。」と書いて、「只その心持に支配されて了《しま》ふ自分か、自分でないかは貴嬢の判断にまかす。」と書き添へてあるのを見た時、私は無論先生を世にも尊い藝術家として仰ぎ見るばかりでしたが、……

とある。「心持は本当の事だ」と書いた手紙は見つかっていない。この作品については、光石亜由美「自然主義の女——永与美知代《ママ》「ある女の手紙」をめぐって」(『名古屋近代文学研究』一九九九年)という論文があり、水野仙子の回想では、当時、花袋への復讐と見られていた、とある(ただしこの論文は、全体において永代が永与になっているほか、「『蒲団』について」の掲載誌を『太陽』とするなど、やや不備である)。

花袋の許《もと》を離れた美知代は、それから半年ほど、『スバル』『中央公論』『ホトトギス』に短編を発表しており、この時期が作家としての全盛期だったろう。翌四十四年（一九一一）三月には長男太刀男《たちお》が生まれているが、この年、千鶴子が脳膜炎で夭逝している。それから永代の福岡、大分への転勤に従った後、四十五年（大正元年）上京している。なお和田の取材に対して、当時美知代は「新しい女」の一人と思われていたので、四十四年九月の、平塚らいてうの『青鞜』創刊に当たっても入会の勧誘状と執筆依頼が来たが断わったと言っている。

大正元年（一九一二）、永代は『アリス物語』を刊行しているが、これは以前の翻訳・創作を纏めたものである。二年、永代はルネ・バザンの『都会病』の翻訳を出し、以後も探偵小説などを何点か刊行している。以下、永代の刊行書目である。なお、永代については、横田順彌『古書ワンダーランド①』（平凡社、二〇〇四年）に「SF作家としての永代静雄」があり、永代湘南の名でSFを書いていた、とある。

大正二年　「逗子物語」（不如帰小説叢書）　紅葉堂

五年　「黒姫物語　少女小説」　三芳屋書店

「女皇クレオパトラ」　奈翁会

四年　「独逸工業の発達」（新知識叢書）　実業之世界社

五年　「大ナポレオンの妻」　実業之日本社

七年　「透視液　探偵小説」　忠文堂書店
「天体旅行」（家庭自学文庫）自学奨励会
八年　「外相の奇病　神秘探偵」　実業之日本社

大正二年（一九一三）に永代は東京毎日新聞社に再度入社し、七年に社会部長、八年に編集局長となるが十一月に退社、新聞研究所を設立している。この頃、広津和郎、三上於菟吉《おときち》らが同社の記者をしており、広津の「神経病時代」の冒頭部にも、「社会部長の斎藤」として永代が登場している。だが永代の酒癖は治らず、大正十五年（一九二六）、美知代は永代と別れ、太刀男を連れて渡米したが、これはカリフォルニアにいとこがいて、その夫が成功者だったため頼って行ったのだと、和田の取材にある。のち太刀男は結核のため単身帰国し永代に引き取られるが、昭和七年（一九三二）、数え二十二歳で死去している。美知代は邦字新聞の記者をしたり教師をしたりしていたが、米国で花田小太郎と再婚した。ただし、永代の籍に入ったのは大正六年、除籍したのは昭和十九年である。

永代静雄は昭和二年（一九二七）、大河内ひでと再婚、八年ころから伝書鳩を飼い始め、通信手段としての伝書鳩の普及運動を起こして、十年、雑誌『普鳩』を創刊、八年続いた。美知代は、昭和十六年、日米戦争勃発のため帰国し、庄原《しょうばら》の妹の許に住んだ。十九年、戦争の最中、静雄は数え五十九歳で死去、花田もこの年死んだ。

## 2

花袋は昭和五年（一九三〇）、数え六十歳で没したが、昭和十四年六月の『中央公論』に、「花袋『蒲団』のモデルを繞《めぐ》る手簡」が発表された。これは花袋から岡田家へ出した書簡十九通を収めたもので、文中の名は、「横山芳子」「横山兵蔵」など、「蒲団」中のものに変えられている。「はしがき」があり、下段に「花袋と『蒲団』」という解説文がついているが、誰が書いたか分からない。「はしがき」冒頭に「二十余通」の手簡とあるが、最後に、手紙一通と葉書一通がほかにあるが片々たるものなので省略したとあり、これを加えて二十一通である。うち六通が「蒲団」発表後のものであるところから、「蒲団」における花袋の恋慕は虚構であったと訴えることが目的だったと思われる。

編者は、花袋の「誠実と熱情」を賞し、「所謂モデル問題も、この書簡集によつて最後の解決が与へられるもの」だとしている。下段の解説は、「蒲団」の梗概と「私のアンナ・マアル」からの引用、また解説で、「この人にして、『蒲団』の主人公にみる如き恋愛があつたとは思はれない。これは勿論、小説を事実と考へたゐ《ママ》たやうな筆者の迂愚《うぐ》と、今改めて凛々清颯《りんりんせいさつ》の書簡を見せつけられて、あはてふためいた早計なる判断とのもたらした嗤《わら》ふべき結論かもしれないが、暫くかく断じて世の批判にまかせたいと思ふ」とある。平野謙は後に、この手簡集が「突如として発表され」「何人の手によって、この書簡が公表されたか、その経緯などは一切分からない」と書いている。ただ、平野も小林一郎も見落としているようだが、岡田家宛書簡といってもなかに一通だけ「横山光夫宛」のものがあり、これは明らかに、美千代の兄実麿宛のものだ。となれば、これを持ち出して掲載に持ち込んだのは実麿でしかありえまい。

実麿は大正十三年（一九二四）、明治予備校に出講のため一高の講義を休んだことから依願免職となり（岩永胖《ゆたか》「『蒲団』における虚実の問題」昭和三十二年、「集成」所収）、以後は明治大学、また駿台予備校の前身である東京高等受験講習会で昭和十四年まで教えていた。この年数え六十二歳である。

実麿は、『縁』に「小石川の兄」としてたびたび姿を現わすが、名を与えられていないから、「光夫」はこの時編者が付けたものだろう。明治四十年秋からは、実麿が東京にいたことを思えば、美知代が花袋に振り回されたかのような記述は奇妙で、当時最高の知識人の兄に、花袋も美知代も十分に相談できたはずである。『縁』には確かに、敏子（美知代）が失踪した後、花袋が実麿に相談に行く場面がある。「清（花袋）は、存外兄の平気なのを慊《あきた》らず思つた」とあり、

『何しろ父が非常に激昂して居るやうですから』、落附いた調子で兄は言つた。暫くしてから、『さうですとも、当人同志が好いものなら、何も我々がそんなに喧《やかま》しく言ふ必要はない。もうさういふ状態になつたんだから、当人達の好いやうにさせる方が好いです。父には折を見てさう言つてやることにしませう。……けれど、これで田舎では鳥度《ちよつと》厄介なんです。門地だとか、

名誉だとか、いろいろ喧しいことがあるもんですからな、東京に住んで居る人には鳥度呑込《のみこめ》ないやうな処《ところ》がありますよ』

この敏子の兄の快活な明るい調子は、清の耳に快く響いた。何処《どこ》かかう同じ年代の血が流れて居るやうに清には思はれた。話がすぐ中心に触れる。心もよく解る。

実麿が、もう二十歳を超える男女のことは当人達に任せればいいとゆったり構えているのも、いかにも米国留学経験のある知識人の思考で、仮に美知代が花袋を信用できなかったとしても、それなら兄の意見を敲《たた》けば済むのであり、まるで東京で花袋に翻弄されたかのように書いているのはおかしい。「蒲団」の虚実をめぐる議論では、この兄の存在が、不思議に見落とされている。

ところで実麿が第一高等学校講師になった明治四十年秋、谷崎潤一郎は一高の三年生即ち最終学年になったところだった。それから三年後、谷崎は、花袋を頭目とする自然主義派のおかげで自分は世に出られないと嘆くことになるが、昭和十七年、『文藝春秋』に連載した随筆「きのふけふ」の最後に、花袋のことを書いている。それは、数年前、打出《うちで》に住んでいた頃らしいが、心斎橋筋《しんさいばしすじ》を散歩していて大丸《だいまる》の美術部へ上がってみると、明治大正時代の名士の書画展覧会が開催されていて、大部分即売されていた後に、売れ残りの掛け軸が二、三十点あったという。

私はそれを何気なく見て歩いてゐるうちに、ふと、田山花袋の書が二点あるのを発見したのであるが、それはよいとして、私が甚だ不当に感じたのは、他の政治家、将軍、実業家等の書に比べて、その花袋の書にひどく安い値が附いてゐることであつた。（中略）私は自分の先輩であるこの高名な自然主義の大家が、明治大正のお歴々の中で謂はれなく恥を掻かされてゐるやうな気がして、大いに義憤を感じたので、出来れば二点とも買ひ取つてしまひたかつたのだけれども、生憎そんなに持ち合せがなかつたので、孰《いずれ》方か一方にしなければならなかつた。

そこで自然主義の叙景文を表したような漢詩の方を買って帰ったという。しかし花袋とは面識がなく、有楽座の廊下ですれ違ったことがあるだけだが、

私は自然主義に叛旗《はんき》を飜して文壇に出たので、初めは多少睨《にら》まれたらしいのであるが、晩年の花袋は大分藝術観なども ひと頃と違つて来たらしくて、いつか佐藤（春夫）や私などのものを愛読するやうになつてゐた。殊に亡くなる数年前の頃は、佐藤や私の書く物はいつも褒められてばかりゐたので、花袋は好漢であるですなと、春夫は例の冗談めかした口調に喜びを紛らしてよくさう云ひ〳〵したものであつた。私も、蓼喰《たでく》ふ蟲が刊行された時に、それ迄はついぞそんなことをしなかつたのに、始めて花袋に一本を贈呈したら、やがて巻紙に毛筆を以てしたゝめた慇懃《いんぎん》なる礼状が届いた。

谷崎が打出に住んでいたのは昭和九年から十一年なので、その頃のことだと思われる。昭和十四年は、谷崎訳『源氏物語』が中央公論社から刊行されて大いに売れた年である。だから、存外この「手簡集」の解説を書いたのは谷崎ではないかと思ったのだが、谷崎の文章ではないし、花袋に好意を寄せる点では、『花袋全集』の解説も書いている佐藤春夫の方が適任だろう。

＊

昭和三十二年（一九五七）十二月号の『婦人朝日』の連載「名作のモデルをたずねて」の十回目で、五十歳の和田芳恵は庄原の美知代を訪ねた。時に数え七十三歳。その連載が終わった時点で、「花袋の『蒲団』と私」を同誌に掲載したが、これには当時の美知代の写真も載っている。

ところがその翌昭和三十三年、学燈社から出ていた『みどり』という女性向け国文学雑誌に、評論家の田中純が「名作モデル物語」を連載し、七月号で「蒲団」をとりあげた。田中はかつて新婚当時の永代夫妻を訪ねており、美知代は十月号に永代美知代の名で「手記・私は『蒲団』のモデルだった」を寄稿して、細かな点について反論しているが、そのなかに、郷里から再上京する際、永代と実事があったことを否定している。しかし、旅程のずれが一日だと書いたり、この点での反論はこれが初めてであったり、また従来の反論文は自分の名を使って永代が書いたとあったりして、にわかに信用しがたい。それから十年、昭和四十三年一月十九日、花田美知代は数え八十四歳で大往生を遂げた。

大正四年の「『蒲団』『縁』及び私」の最後に、美知代はやや曖昧なことを書いている。『縁』の記述に関する不満だが、

一番しまひに私が永代の処へ帰つて行くまでには、今一度先生との会見があつた筈です。実家の兄に逢つての後、其意見をもたらして、今一度会見の場があつた筈です。終生自分の支配下に置かうとする師弟関係以外、親子関係以外の人の処に居やうよりは、寧《むし》ろ良人の手に帰つて行くのが至当だと思はせられるやうな会見があつた筈です。博覧強記を以て自ら任ぜらるゝ田山氏のことですから、無論お忘れになつたと云ふ訳でもありますまい。たゞ併し痼癪まぎれとは云ひながら、同居の方にだんまりで出て行つた私も、不注意と云ふそしりはまぬかれ得ない事なのです。

こう書く以上、その会見で何か決定的なことがあったはずなのだが、それが書いていない。だが和田の取材で、それが明らかになっている。

花袋は、「どうも、にえきらない奴だ。尼さん生活を長くしているとこうもなるものか。永代と自分とどっちにつくか即答しろ」

と美知代に言ったそうです。そこには水野詮子《ママ》もいっしょにおりました。この花袋の言葉に

は肉欲的なにおいが感じられたと言います。

言いだしたら聞かない美知代は、

「先生がほんとに私を娘と思っているなら、そのようになさい」

と食ってかかったので、花袋もだまってしまいました。


水野仙子は美知代については書いていないようだ（武田房子『水野仙子』ドメス出版、一九九五年）。しかし、明治四十三年から数年間、美知代には、「芳子からみた『蒲団』」を書く機会はいくらもあったはずだ。だがそれは、遂に書かれなかった。「『蒲団』『縁』及び私」でも、事実と違うと激しく花袋を非難しつつ、では事実はどうだったのか、書いていない。また当時商業雑誌に載せた創作を見ても、美知代は常に、何かを隠蔽しつつ書いていることが感じられる。もし美知代がこの時期、自分が出征中の花袋に恋文めいたものを出したこと、その後永代と知り合い、花袋が却って本気になったことを逐一書いていれば、「蒲団」が事実か虚構かという議論は、よほど様相を変えていただろう。岡田―田山―永代―花田と、まるで『嵐が丘』のキャサリン・アーンショウのように姓を変えていった美知代という女は、「蒲団」一作における花袋の、並外れた「正直」に敗北したのだと、言う他ない。

（付記）本稿は成稿の後一年近く発表の場が見出せず、本書に収めることに決めた直後、大西小生氏より私家版の研究書を戴いた。永代静雄を中心として事実関係をよく調べたものだが、永代と美知代に肩入れして、「蒲団」に描かれたような二人の実事を否定しており、承伏しがたい。

# 偉大なる通俗作家としての乱歩——そのエロティシズムの構造

江戸川乱歩・本名平井太郎は、一八九四年の生まれである。このことは、二十代がまるごと、僅か十五年の大正時代に収まるということを意味する。芥川龍之介は二歳年長、久米正雄は三つ、室生犀星は五つ上だが、この世代が、大正の文化に触れながら青年期を送った世代であることに注意したいと思う。大正期こそは、昭和につながる様々な「文化」を醸成した時代だったからである。和洋折衷の「アッパー・ミドルクラス」が形成されたのも、この時代である。

久米は、大正五（一九一六）年末に夏目漱石が没した後、その長女筆子に「恋」をするが、結局筆子は松岡譲と結婚し、久米は失恋する。いわゆる「破船」事件だが、その「恋」に、良家の令嬢というものへの憧れがあったことは、当時から友人の菊池寛などに指摘されていた。同じ頃、年齢的にはまだ二十歳で、『地上』一作で天才と呼ばれた島田清次郎は、堺利彦の娘・真柄との結婚を夢想して断わられ、後には海軍少将の令嬢への監禁・強姦の容疑で訴えられ、これで社会的に葬られるが、久米にせよ島田にせよ、父を早く亡くし、貧しい育ちである。それが、東京へ出てきて、立派な社会的地位を持つ父に庇護された良家の令嬢に憧れをもったのだ。犀星も、大正前期、上京して失恋の痛みを経験しつつ、住宅街でピアノの音が聞こえてくると、自分の娘もこんな家でピアノを弾くように育てたいと夢想するような詩人だった。

乱歩もまた、名古屋に育ち、十八歳の時に父の事業が失敗し、苦学生として早稲田を卒業、二十五歳で結婚するが、貧苦を嘗《な》めた。さらに年長の谷崎潤一郎も、十六歳の時に父の事業が失敗して苦労しているが、そのことは、谷崎が乱歩の直接の先駆者であることと無縁ではないだろう。谷崎が高貴な女性への崇拝をマゾヒスティックに描き、乱歩が良家の令嬢・令夫人の受難をサディスティックに描いたのとは、同じ指向性の表と裏の関係にあることは間違いあるまい。乱歩は若い頃、大正五年に谷崎の『金色の死』がポオの「アルンハイムの地所」の系譜に連なることに気づいて感銘を受けているし、大正十五年の『闇に蠢く』に、「ある小説家は美人の素足を崇拝したが」とあるのはもちろん谷崎のことだ。特に谷崎が大正九年に発表した短編「途上」について乱歩は、探偵小説の先駆として論じている（「日本の誇り得る探偵小説」『新青年』一九二五年八月増刊号）。ただし後に谷崎は、江戸川乱歩君が「途上」を探偵小説として褒めてくれており作者として嬉しくもあるが、あれは探偵小説ではない、と書いている（「春寒《はるさむ》」『新青年』一九三〇年四月）（横井司「谷崎潤一郎の『途上』を読む」『文研論集』一九九一年九月）。

これほど近い性向を持っていながら、谷崎と乱歩にあまり交渉がなかったらしいのは、一面不思議だが、恐らく乱歩登場の頃、谷崎は既に若いころの西洋趣味を抜け出しており、飽くまで純文学作家を指向していたからでもあろうが、私はむしろ、乱歩の初期短編は、大正期の谷崎の探偵小説風のものを洗練させたものになっており、谷崎が乱歩に対して「影響した者の不安」を感じていたからではないかと考えている（拙著『谷崎潤一郎伝』中央公論新社）。たとえば『パノラマ島奇談』は、谷崎の『黄金の死』を遥かに洗練させた娯楽小説で、谷崎は乱歩のこの作品が登場して以来、『黄金の死』を単行本や全集に入れるのをやめてしまい、「嫌いだ」と明言するようになっている。萩原朔太郎は乱歩登場の際に賛辞を呈しているし、三島由紀夫はその『黒蜥蜴』を劇化しているが、乱歩と谷崎の交渉の形跡はない。ただし乱歩が昭和四十年七月二十八日に没し、谷崎はその二日後に没しているのは奇縁である。その年の暮れ、日影丈吉が、乱歩を耽美主義の作家として論じ、谷崎にも説き及ぶエッセイを書いているが（中島河太郎編『江戸川乱歩――評論と研究』講談社、所収）、「潤一郎との比較も、やや通りいっぺんのような気がする」と書いている。

乱歩が華々しく作家として登場した大正十四年（一九二五）の「人間椅子」は、乱歩作品におけるアッパー・ミドルクラス女性への憧れとそれへの「犯し」のモティーフが、トリックの影に隠れて見える。乱歩の女性観のようなものを扱った評論は、あまり見当たらない。確かに、事件に巻き込まれる、あるいは中心人物として登場する美しいヒロインは、類型的だし、乱歩といえば、男色研究に手を染めており、明智小五郎と小林少年の関係がいかにも少年愛らしいので、乱歩はむしろ同性愛的な性向を持つのではないかとされてきた。しかし、この世代においては、中学生間の男色は一種の流行であった。男色研究にしても、単に好奇心からやっていたようである。乱歩における男女関係を論じたものとしては、横井司の論文「恋する〈蜘蛛男〉——江戸川乱歩通俗長編考」（『専修国文』一九九三年一月）が興味深い。横井はここで、乱歩の長編小説といえば、概して評価は低く、いかにも通俗とされてきたとして、再評価をはかっている。

良家の令嬢や令夫人が、好色漢の手にかかってあわや落花狼藉、という筋立ては、大正末期以来、加藤武雄、中村武羅夫、菊池寛らの「通俗小説」が盛んに用いた手であって、乱歩もこれを取り入れている。ただ違うのは、加藤、中村らの小説、いやそれに限らず、当時の通俗小説が、ほどなく読まれなくなったのに対して、乱歩の作品だけは、延々と読み継がれてきた、という点である。とすれば、現代日本の「令嬢凌辱」や「人妻輪姦」の類のポルノ小説は、その淵源のひとつを乱歩に持つと考えてもいいのではないか。たとえば、『蜘蛛男』の第二の被害者里見絹枝が、江の島の水族館で、水槽の中に全裸死体となって漂っている場面のエロティシズムは鮮烈だった。乱歩はほかにも、全裸美女が氷づけになっている、といった場面を『吸血鬼』（昭和五年）で用いている。むろんこうした趣向は、時代のエロ・グロ・ナンセンスに連動するものだが、そのなかで今日まで残ったのが乱歩だけだということを重くみるべきだろう。こういった、探偵ものプラス冒険ものプラス・エロティシズムが、乱歩の本領であり、時代を超えて残るものを持っていると言えるのではないか。

松山巖の『乱歩と東京』（一九八四年、のち双葉文庫）以来、乱歩論はやや「純文学」風に読まれ過ぎてきた。つまり、先のポオ—谷崎の系譜に連なる『パノラマ島奇談』、異常性愛を扱った『押絵と旅する男』、「覗き」を扱った『屋根裏の散歩者』などが論じられることが多かったのだが、昭和の大衆文化への寄与という点では、『一寸法師』『蜘蛛男』『魔術師』『吸血鬼』『黄金仮面』の系列の、犯罪鬼と明智小五郎の対決に美女がからむという趣向こそ、最も評価されるべきものだろう。乱歩自身は、こうした通俗長編を頻りに恥じてみせ、それが今日の低い評価につながっていると横井は言うのだが、それは飽くまで批評家・研究者の世界でのことである。「通俗」が一流であるか否かを決めるのは、一般読者であって、昭和初期に盛んに書かれた時代小説・恋愛小説・探偵小説のうち、脈々と読み継がれてきたのが吉川英治と江戸川乱歩であることは否定しようがなく、それをもって十分に偉大なる通俗作家と言いうるのではあるまいか。

たとえば、一九七七年から八四年まで、テレビ朝日系列の「土曜ワイド劇場」で二十五本が放送された、天知茂が明智に扮する乱歩シリーズ（十九本目までが、かつて『黒蜥蜴』を映画化した井上梅次《うめじ》監督）など、時に女優の裸を売り物にするような趣きがあったが、それこそ偉大なる通俗作家としての乱歩の本質を捉えた、優れた映像化として正しく評価されるべきではないか。もちろん、それは俗悪である。乱歩自身が、自分の作が通俗であることを恥じるのは、生身の人間としてやむをえない。だが、享受者の支持をもっと信用してもいいのではないか。

乱歩は、そのペンネームが示すように、エドガー・アラン・ポオに私淑していたことになっている。だがポオらしいのは、せいぜい初期の「二銭銅貨」「赤い部屋」のような短編で、長編は既にポオから離れている。かといってシャーロック・ホームズでもない。ホームズはやはり短編の本格ものが中心である。昭和五年（一九三〇）から翌年にかけて『キング』に連載された『黄金仮面』は、その怪盗の正体をアルセーヌ・ルパンにしている。ルブランのルパンものの日本への紹介は、大正元年（一九一二）の三津木春影《みつぎしゅんえい》訳『古城の秘密』に始まるようだが、大正七年には、ルパンもの初期の代表的訳者・保篠龍緒《ほしのたつお》による『怪紳士』が出ている。乱歩は英語はできたがフランス語が読めたとは思えないから、翻訳で読んでいたのだろう。『黄金仮面』には、人を殺さないとされるルパンが殺人を犯したことを明智が咎め、ルパンが、自分はモロッコ人を三人殺したことがある、日本人は殺して差し支えないと、白人の偏見を露わにして明智を激怒させる有名な場面があるが、ルパンがモロッコ人を殺すのは『虎の牙』においてだ（ただしこの部分が削除されている版もある）。この作は大正十年に保篠訳が出ているから、乱歩はこれを読んだか、昭和四年に改造社から出た佐佐木茂索《もさく》訳を読んだのだろう。

またルパンと明智の対決の場面でこれを「巨人と怪人」と書いているのは、『ルパン対ホームズ』を保篠が『怪人対巨人』と訳したのを意識してのことだろう。昭和十一年から登場する怪人二十面相は、明らかにルパンを模したもので、剽窃まがいの場面設定もある（当時としては外国のものを剽窃するのは普通に行なわれていた）。乱歩の長編通俗小説は、名探偵明智が、連続事件を引き起こす謎の怪人と対決するというパターンをとっており、それは結果的に、基本パターンがたちまち出尽くして、『恐怖王』（『講談倶楽部』昭和六―七年）のような失敗作をも生み、以後は類型化が甚だしくなってゆくのは否めない。

しかし、欧米のミステリーのなかに、乱歩のような作風を見つけるのは難しい。乱歩作品では、一つか二つの殺人が、しかるべき動機を伴って行なわれ、いかにも普通そうに見える人々のなかから探偵役が犯人を見つけ出すわけではない。犯人というより怪人と言うべき男たちの動機は、性欲や失恋であり、恋の満たされないこの世への怨念である。だから、標的となるのは美しい女である。強いていうなら、『嵐が丘』のヒースクリフが、禍々しい姿とともに現われるようなものだ。黄金仮面など、ルパンなのだから、盗みを主としなければならないはずなのに、冒頭近くでは鷲尾侯爵の令嬢、十九歳の美子が登場して、入浴姿が描き出される。これなど、現在の推理ドラマに、女性の入浴シーンが必ず挿入される、その淵源だろう。この美子が浴場で全裸のまま殺されたかと思うと、次に現われるのは大富豪・大鳥喜三郎の令嬢で二十二歳の不二子、女学校を出たあと二年間欧州へ留学した「たぐいなき美貌」の持ち主で、これが黄金仮面ことルパンの、日本での恋人になり、結局ルパンは不二子誘拐でも企てているような結果になって、明智が最後に救い出すのはこの不二子なのである。

『蜘蛛男』(『講談倶楽部』昭和四―五年)となると、もはや美しい女を攫《さら》っては凌辱して殺してしまう色情狂で、冒頭、美術商稲垣と名乗る男、実は怪人蜘蛛男の、十七、八歳の女事務員募集に応じてやってきた里見芳枝は、いきなり怪しい家に連れていかれる。「芳枝は決して貞操を無視するほどあばずれではなかったし、こんな場合、普通の娘がどんな態度をとるものだかも、充分心得ていたけれど、利口なだけに、今さらどうもがいてみたところで、なんの役にも立たぬことを、早くも悟ってしまった」。「あわや小説」ならば、あわやというところで娘や人妻の貞操は守られるのだが、乱歩はいともたやすく娘の性を怪人の餌食にしてしまうのである。「それから数時間もたった真夜中ごろ、同じ空家の奥座敷に、里見芳枝は、まるで傷ついた闘牛のように、虫の息に疲労したからだを、グッタリと投げ出していた。脱ぎ捨てられた着類、みだれた頭髪、血のにじんだ肉体、すべてが、仮名稲垣氏の飽くなき残虐を物語っていた」というあたりは、いかにも通俗ながらエロティックである。乱歩のこういうところは、同性愛どころか、れっきとした異性指向のサディストとも見えるが、実はそれあってこその乱歩であり、日本の一般読者が読み継いできたゆえんでもあるのだ。

さて、その方向性は、時に計算違いを生む。大正十五年（昭和元年）から翌年まで『朝日新聞』に『一寸法師』を連載した後、乱歩はその不出来に嫌気がさして鬱状態に陥り、作家廃業すら考える。中井英夫は『闇に蠢《うごめ》く』とこの作について「乱歩としては上等といえないトリック仕立てが、もともと畸型児を主人公とした物語に合う筈もなく、これもこじつけのこしらえ物としか見えなくなったと思われ、本格変格いずれとも定めかねた乱歩の（中略）迷いがすでにこの二作に充分すぎるほど籠められていた。変格でよかったのである」と書いているが（角川文庫版解説）、『一寸法師』の場合、もう少し深刻な事情がある。いかに新聞連載とはいえ、乱歩もそれなりのプロット構成はしていたはずだが、思わぬ計算違いが起こったのだ。

ここでは、土地会社重役・山野大五郎の娘・三千子十九歳の失踪事件が中心になっているが、怪しい人物は謎の畸型・一寸法師と呼ばれる男である。だが本作のヒロインとも言うべきなのは、三千子というより、その継母の百合枝・三十歳で、始めに登場する小林紋三という男は、山野氏の同郷の後輩で、百合枝に密かに想いを寄せている。ところが三千子失踪の後、百合枝はこっそり、怪しい男と密会をするようになる。この男こそ、生まれついての畸型・一寸法師で、特製の義足によって普通の身長に見せかけ、養源寺の住職をしているのだが、三千子失踪事件の鍵を握っていて、百合枝を脅迫している。ところがこの男は、十年前から山野家へ出入りしていて、まだ先妻が生きていた頃から百合枝に恋着していたのである。「百合枝さん。ああ、今こそおれはこうしてあなたに呼びかけることができるんだ。恋人のように呼びかけることができるんだ。十年のあいだ、おれは胸のうちでこの名を呼びつづけていた。どうしたって出来るはずがないとわかっていても、その望みを捨てることができなかった。だが、今それが叶ったのだ。まるで夢のような仕合わせだ。百合枝さん、私を愛してくれなんて無理なことは頼まない。この不幸な生れつきの男を、憐れんでくださいと切ない声でかきくどき、灯を消して百合枝に迫り、体を撫でさすりながら涙をこぼすのである。その時百合枝は、少しの間、この男の恋情の告白に心を動かされるのだが、闇の中で、彼が畸型であると知ってたちまちその念は消えておぞましさに戦《おのの》く。だが結局、一寸法師はこの時もその後も、弱みにつけこんで思いを遂げるのである。

計算違いというのは、筆に任せて乱歩がこんな涙を流しながらの恋の告白をさせてしまったことで、そのあと百合枝が、三千子がとんだ淫蕩な娘で、それを知った山野が折檻して死なせてしまい、死体の始末を養源寺の住職に頼み、その弱みから脅迫されていた、と告白し、さらに明智が、死んだのは実は三千子ではなく、山野の私生児で小間使いをしていた小松である、とトリックを明かし、実は男との三角関係で小松を殺したのは三千子なのだが、明智が三千子に情けをかけて、全ての罪を、逃げる途中に煙突から落ちて死んだ一寸法師に負わせる段になると、その場に山野大五郎がいない不自然も、百合枝が、夫が三千子を殺したと思い込んだ理由もよく分からない。しかも明智は、一寸法師は殺人、泥棒、火つけと悪事の限りを尽くす地獄から来たような悪党だと言うのだが、それがいかにも取ってつけたようで、読者の知るかぎりでは、一寸法師は十年来の恋から山野夫人を脅して思いを遂げただけであり、むしろ三千子こそ、恋の争いから異父妹を殺した犯人なのだから、まるで善悪が入れ違っていて、結局畸型であることが全ての悪のもとであるかのような、変な小説になってしまっているのである。

醜い小男の恋という主題なら、明治二十八年の広津柳浪「変目伝」があるし、さらに一八三一年のユゴー『ノートル・ダム・ド・パリ』がある。これらは同情の対象だが、乱歩は凶悪な犯罪者対明智という枠組みを固守したために、飽くまで犯罪者の死をもって物語は終わるけれど、一寸法師は冤罪を着せられるし、横井が論じるように、蜘蛛男が明智によって縛り上げられた時、女優で蜘蛛男の被害者でもある富士洋子は奇妙な感情に襲われてその縄を解いてしまい、蜘蛛男から「君が心の奥で僕を愛していたからです。君自身でもわからない君の心が僕を愛していたからです」と言われて「洋子にはそれが全くうそでもないように感じられた」というのである。『吸血鬼』の犯罪の動機も、狙われた畑柳倭文子《しずこ》と一時は同棲していながら残酷に捨てられた兄の復讐のためであって、弟は倭文子の恋人になって復讐の機を狙いつつ、いつしか倭文子を愛していたのではないか、と横井は言う。犯罪の動機が恋愛であることは、推理小説では珍しくない。だが乱歩のそれは、単に恋愛沙汰から殺人が起こるだけではなく、一人あるいは複数の美女をめぐって怪事件が起こるうちに、明智も、読者も、否応なくそのヒロインに惹きつけられていくという構造を持っているのだ。そのプロトタイプとも言うべき作品が、ウィリアムソン夫人の『灰色の女』を明治三十年代に黒岩涙香が『幽霊塔』として翻案し、昭和十二年に乱歩が再び同題で書き直したもので、私は少年時代に夢中になってこれを読みつつ、明らかに作中のヒロインに恋をしていたことを鮮明に覚えている。これは源流をたどれば、十八世紀末の英国ゴシック小説に行き着くが、ジョージ・スタイナーは『トルストイかドストエフスキーか』(邦訳、白水社)で、ドストエフスキーがこの種の通俗ゴシック小説にどれほど影響を受けていたかを論じ、特に女性登場人物に対する視線が嗜虐的傾向を持っていると述べている。

その歴史的背景として、十八世紀末以降の西欧と、大正以後の日本における、侯爵、伯爵、実業家といった上流、ないしはアッパー・ミドルクラスの令嬢、夫人といった、洋館に住むような女性への、市民階級、ロウワー・ミドルクラスの男たちの憧憬があるだろう。ジョン・ファウルズの『コレクター』も、そのような文脈で読まれるべきなのである(新井潤美《めぐみ》『不機嫌なメアリー・ポピンズ』平凡社新書、二〇〇五年)。十年ほど前、日本で「お嬢様ブーム」なるものがあったことは、こうした視線が今なお生きていることを示しているだろう。乱歩の通俗長編は、こうした、ロウワー・ミドルクラス、ワーキングクラスの男たちの欲望の中心を射抜くように刺激するのであり、それが、乱歩作品が読み継がれてきた理由なのである。「土曜ワイド劇場」の支持者たちも、やはりこうした階層の男たちだっただろう。だが近年の映画『RAMPO』にも、久世光彦の『一九三四年冬——乱歩』にも、乱歩を純文学的にばかり見ようとする嫌いがあって、久世が偽作して挿入した「梔子姫」も、乱歩の文章としては上品に過ぎる。醜い男、貧しい男たちの、美しい上流の女たちへの、怨恨を込めた憧憬こそが、乱歩小説の中核にあるものなのだ。俗悪で、しかし魅惑的な世界が、江戸川乱歩の本領なのである。

# 落語はなぜ凄いのか

## 一

「落語を聴くと勉強になる」などといきなり言えば、てやんでえ、落語で勉強なんかされてたまるかよォ、などと啖呵《たんか》を切られそうだ。しかしそれは「勉強」という言葉が悪いのだ。「ためになる」とか「物知りになる」とかでは、どうか。いやそれでも、けっ、そんなのこちとらァご免だね、ためになんぞならなくて結構、とか言われそうである。昔はよく「面白くてためになる」などと謳われたものだが、最近はとんと聞かなくなった。どうもこの「ためになる」というあたりが、ある種の人々には気に入らないようだ。

ある種の人々、とは、平たく言えば、藝術至上主義者およびその変形である。藝術とは、純粋にそれを楽しむことを目的として享受されるべきであって、それ以外の目的を持つのは邪道だという考え方である。そこに落語やマンガも巻き込まれる。たとえば『マンガ日本経済入門』や『学習マンガ日本の歴史』のようなものは、マンガ評論家、あるいはマンガを論じるインテリあたりには評判が悪い、ないし、無視されている。「マンガ藝術至上主義者」にとっては、『天才バカボン』のようなはちゃめちゃこそがマンガの神髄なのであって、物知りになれたりするようなマンガは、それだけで点が低くなるのだ。横山光輝も『伊賀の影丸』は良かったけれど『三国志』以後は良くないということになる。けれど、物知りになれるから良くない、というのは、おかしい。『マンガ日本経済入門』よりは『ナニワ金融道』のほうがずっと面白くて、しかも物知りになれるが、物知りになれること自体が減点の対象になるとしたら、おかしいだろう。だがその辺を取り違える人がときどきいるのだ。ナンセンスな笑いこそがマンガや落語の真骨頂だ、笑いだ笑い、と言う向きである。

だが、何度も同じ落語を聴いていれば、ここでこういうくすぐりが入る、ということは前もって分かっているから、よほどのことがない限り、笑えない。しかしだからといって、一度聴いた噺《はなし》は二度聴かない、あるいは覚えてしまった噺はもう聴かない、などという落語ファンはいないだろう。少なくとも私は、昔の名人たちの噺を、テープで何度も聴いたが、だからといって同じネタはもう聴かない、ということはない。今では東京には「名人」と呼べる落語家は四人くらいしかいなくなってしまったけれど、昔の名人の録音、あるいは今でも、独創性のある若手の噺を聴けば、面白い。

私たちは、落語というと条件反射的に「笑い」の藝だと思ってしまい、笑いとは何か、などと考えてしまう。江戸文化というと「いき」とか言うのと同じだ。だが、そんな狭い概念で、落語の大きさは捉えきれない。「いき」だけで近世文化を捉えきれないのと同じである。立川談志師匠だったか、「落語には人生のすべてがある」と言っていたが、こちらのほうがずっと真実を突いている。

ドストエフスキーの作品には人間のすべてが書かれている、などと言った文学者がいたが、これは嘘だと思う。落語のほうがよほど凄い。『罪と罰』を見てみるがいい。何やら若旦那風のラスコーリニコフが変な理屈をこねて金貸しの老婆を殺し、それが露顕して流刑になる。そしてなぜか、美しくて心の清らかな娼婦のソーニャが彼のためにわざわざ流刑地までついていく。そんな娼婦がいるものか。それに対して、「品川心中」や「三枚起請」の女郎たちのほうが、よほど本物の娼婦らしい。「品川心中」なら、金に困って死のうと思った品川の女郎おそめが、一人で死ぬんじゃつまらないし外聞も悪いから、というので客の一人で頭のぼんやりした貸本屋の金さんを選びだし心中に持ち込むが、金さんだけ海に突き落としたあとで、おそめは金ができたから飛び込むのをやめて助かってしまう。これこそ本物の娼婦の姿である。小説家でも、バルザックはそういう本当の人間の姿を描いた。

そのバルザックに、私はぜひ「らくだ」を聴かせてやりたかったと思う。「らくだ」とあだ名される言語道断の乱暴者がフグの毒に当たって死んだのを、長屋中みんなで喜ぶ。けれどらくだの友だちが訪ねてきて、葬式をやるんだと言って、酒肴を持ってこない大家のところへそのらくだの死骸を持ち込んでかんかんのうを踊らせてみせる。人がフグに当たって死ねばいちおう回りの人はお悔やみを言ってみせるけれど、内心、「あいつが死んでくれて良かった」と思っている人が多い、というような奴は、いるものだ。

ほかにたとえば「日本のシェイクスピア」などと呼ばれている作者がいる。男が金に詰まって死ななければならない、だから一緒に死ぬ、そんな娼婦を描いた近松門左衛門だ。これも、嘘の皮だ。むしろ、これといって作者の定まらない、多くの人びとが作った古典落語のすべて、これこそ、シェイクスピアの全作品に匹敵する。シェイクスピアは、「万人の心を持つ」と言われたが、落語には、万人の心が詰め込まれている。たとえば、極貧のなか、貯めておいた小金に気が残って、これを全部餅にくるんで呑み込んで死んでしまった乞食坊主の、その金欲しさに、隣に住む金山寺《きんざんじ》味噌売りの金兵衛は、死体を火葬にして、そこから一分金《いちぶきん》、二分金をせせりだす。「黄金餅《こがねもち》」である。談志師匠の口演は、すごい。菜漬けの樽に入れた死体を焼き場までかついで行きながら、「あぁっ、気持ちわりい、けど、鰻ってェのはどんな味がするのか、歌舞伎ってのはどんなものか、一遍は知りてえんだ」。歌舞伎は、今とは違う、大衆藝能だ。その歌舞伎も観られない貧苦。別の例では、誇り高いけれど訳あって浪人をしている武士が、親しくしている商家から五十両の金を盗んだと疑われ、腹を切ろうとする。娘がこれを止めて、遊廓へ身を沈めて金を作る。「柳田格之進」である。下から上まで、落語には人生の全てがある。

私は、「日本文化論」のようなものを語っていながら、落語を聴かないらしい人たちを痛罵したことがある。もちろん梅原猛のような人は、笑いの研究のために寄席に通った人だから、聴いているだろう。けれど、能楽や茶道や歌舞伎や浮世絵まで知っていて落語を知らない、というのは、それはなかろう、と思う。

もっとも、学問的に言うならば、私たちが普通に聴いている落語というのは、おおよそが明治時代に作られ、昭和期に精錬されたものだから、落語を聴いて徳川時代の庶民の生活ぶりが分かる、と思うのは間違いである。それでも、いわゆる「近代文学」の名作と言われるもの、鷗外や漱石や一葉を読んでいるだけでは分からないことも、落語を聴けば分かる。六代目圓生や桂米朝といった師匠たちの噺を聴けば、マクラで傾けてくれる蘊蓄のおかげでずいぶん物知りになれる。「五人まわし」を聴けば、明治期の廓がどういう所だったか、見当がつくし、そういうことは「名作」には書いていないし、もちろん歴史の教科書にも書いていない。あるいは「寝床」や「軒付《のきづ》け」を聴けば、明治時代、ちょうど今のカラオケのように、義太夫を語るのが大好きな人たちがいたことが分かるし、「蛙茶番《かわずちゃばん》」や「七段目」を聴けば、どれほど昔の日本人が、歌舞伎芝居が好きだったか、分かるのである。「どうらんの幸助」を聴けば、『桂川連理柵《かつらがわれんりのしがらみ》』といういかめしい題名で「日本古典集成」に入っているこの浄瑠璃が、明治初期には「子供でも知っている」お半長右衛門の心中ばなし、通称「お半長」として大阪や京都では知られていたことが分かるし、本物の人形浄瑠璃を観なくても、これを聴いていればその筋さえ分かってしまう。歌舞伎の『仮名手本忠臣蔵』を何度も観ていながら、「七段目」や「蔵丁稚《くらでっち》」(「四段目」)や「中村仲蔵」や「淀五郎」を聴いたことがない人がいるとしたら、もったいない！　としか言いようがない。これらの「忠臣蔵もの」落語を聴けば、忠臣蔵は間違いなく二倍は楽しくなるのに。圓生師匠の「寝床」では、語ろうとする演目がずらりと並べられるが、私はある時、そのなかに近松門左衛門のものが一つもないのに気がついて、なるほど明治初期に近松はそれほど人気がなかったんだな、と気がついた。今ではあまり上演されない、「柳」という通称の『三十三間堂棟由来《さんじゅうさんげんどうむなぎのゆらい》』とか、『新薄雪物語』が人気があったことが分かる。八代目桂文楽の「つるつる」なんか、どうだろう。これを聴けば、明治だか大正だか、別に西洋渡りの新知識に直接触れているわけではない幇間《ほうかん》と藝者が、どんな求愛をして、どんな恋をしていたか、何となく分かろうというものだ。八代目三笑亭可楽の「反魂香《はんごんこう》」など、どんな短編小説も叶わない絶品である。高尾太夫と島田重三郎の恋物語を下敷きにしながら、長屋に住むやもめの八五郎の、早くに死んだ妻への思いが、切なく伝わってくる。もっとも、めでたく終わる有名な恋物語の「崇徳院」となると、難物である。冒頭から、高津《こうづ》神社で一目見ただけのお嬢さんに恋煩いしてしまう若旦那が出てくるけれど、もとは上方落語の、大阪弁で語られる若旦那の切ない恋が、上方歌舞伎の「つっころばし」の風を受け継いでそれなりにさまになっているのに、いったん東京へ移入されると、この若旦那の語りの箇所が、名人三木助や志ん朝でさえ、うまく処理できていない。武士の都である東京で、いかに、男が恋をする、という伝統がなかったか、このことが雄弁に物語っているだろう。だから「崇徳院」は上方に限るのだ。特に亡くなった桂枝雀師匠の「だァれも来たらいかん言うてるのにそこへ来たの誰や」という弱々しい若旦那の声は、逸品だった。

## 二

しかしなぜ、落語なのか。この藝能は、ほかの形態のものとどう違うのか。まず、物語の登場人物のせりふ、そして地の文とも言うべき語りをすべて一人で演じるというのは、日本藝能史のなかでは伝統がある。中世の平曲語り《へいきよく》、説経節《せっきょうぶし》、古《こ》浄瑠璃から近世浄瑠璃、『太平記』読みから講釈、講談までそうで、この「読み」のなかから落語も成立してきた。しかしこのうち浄瑠璃には、人形の振りがつくようになって今日に至っており、素《す》浄瑠璃が少数の聴き手相手に存在するのみ、講談は確かに今なお残っているが、次第に落語に近づいており、独立した藝能として衰退しつつあることは否定できない（実のところ、落語の関連本に比べて講談の本というのはほとんどないのが現状だ）。

落語がそもそも落し咄を起源の一つにし、笑いを重要な要素として含むことは、確かに否定できない。ではほかの笑いの藝能と比べたらどうか。昭和初期、大阪の吉本興業によって、大阪の笑いの藝能は、漫才に取って代わられ、上方落語を衰退に追い込んだ。漫才はその後も持続した人気を保っており、一九八〇年前後には「ＭＡＮＺＡＩ」ブームも起きており、その系譜をひく二人組による笑いの話藝は依然として若者に人気がある。あるいはコントがあり、喜劇がある。もちろんこの場合の「喜劇」は、古典的な意味での喜劇ではなく、松竹新喜劇や吉本のそれである。一人で演じる笑いの藝としては、漫談がある。だが私にはこれらの笑いの藝が、落語ほどの凄さを持っているとも、今後持ちえるとも思えないのだ。なぜか、考えてみよう。

落語と漫談を区別するのは、言うまでもなく、落語家は「話」を語り、ほとんどの場合、人物を演じるのに対し、漫談家は、観客に向かって直接語りかけるという違いである。もちろん漫談のエピソードのなかで落語ふうの語りが現われることはあるが、それは例外だ。漫才は二人のかけあいで、ボケとツッコミがあるのが基本で、これも崩れてきつつはあるけれど、そうである限り、声は二つしかない。この場合の「声」はもちろん、文学理論で「多声」などという時の声である。コントや喜劇には、二人から大勢の人間が「役」を演じる。けれど当然ながら、その「物語」に対する外部の声は存在しない。

これに対して、落語には、「地の文」とも言うべき、落語家の声があり、王朝文藝を論じる際に使われる「草子地《そうしじ》」に相当するような、落語家による物語へのツッコミがある。「ひどいやつがあるもんで」とか「……てんですがね、そうものを間違えちゃあいけない」といった類だ。初代桂春団治《はるだんじ》の「いかけや」なら、「いかけやの奴、暗剣殺《あんけんさつ》に入りまして」などという、今の人が聴いたら何だか分からない評言がある。もちろん先に述べた語りもの系の藝には「ここに哀れをとどめしは」の類の評言が入っているから、歌舞伎でも義太夫狂言ではそれが残っている。小説の歴史について勉強した人なら知っているように、十九世紀小説は、それ以前の、書簡体、独白体の小説と違う、全知の語り手というものを設定した。ただし先に述べたとおり、日本の平安朝物語から近世の読本《よみほん》に至るまで、語り手は全知視点をもつことが多く、十九世紀小説の特殊事例ではない。だが、この全知視点の語りは次第に「時代遅れ」と見られるようになり、主人公を語り手とする、あるいは視点人物とする地の文の語りが大勢を占めるようになってゆく。曲亭馬琴の読本では、語り手は物語内容を語るだけではなく、内容に対する倫理的判断も行なっていた。これが「評言」である。馬琴的な語りから小説を切り離そうとした坪内逍遙は、森鷗外との「没理想論争」で、評言の存在しない語りを理想とし、それゆえにシェイクスピアの戯曲を称揚したのだが、それなら竹本（義太夫狂言で脇につく太夫と三味線）のついていない歌舞伎劇でも良かったはずだ。

落し咄から発達したと見れば、落語を論じるに当たって、重要なのはサゲ（落ち）であると、誰もが考えてきた。だから、事典類で落語の演目を調べると「落ちは間抜け落ち」「とんとん落ち」などと書いてあるが、桂枝雀はこれを非科学的な分類だとして独自の四つの分類を考えた。そしてもちろん、サゲに対して落語家は評言をつけない。当然のことだ。だが、落語について考えるならまずサゲ、という習慣は、ある必然があったとはいえ、先に笑いについて述べたのと同じことが言える。何度も聴いた落語なら、サゲは周知されているから、そこで笑うということは、あまりない。そしてたとえば、本来のサゲに至るまでが長すぎる（「らくだ」や「野だいこ」）とか、本来のサゲの意味が分からなくなっている（「包丁」や「三十石」）といった理由で、省略され、「大変な騒ぎでございます」などと言って高座を下りる例は多いし、「子別れ」のような人情噺をサゲを聴くために聴く客というのはあまりいまい。

となると、マクラで使われる小咄や短い噺を別にすれば、私たちが知っている「古典落語」において、サゲはさほど重要ではないのである。むしろ注目すべきなのは、噺全体における地の文、語りの技法ではないのか。なるほど、ほとんど「地の文」つまり素の語りがないような噺も数多い（特に長屋ばなし）。けれど、マクラのない高座はあまりないし、仮にマクラがなくとも「お笑いを申し上げます」とか「間へはさまりまして一席おうかがいいたします」の類の挨拶抜きに噺に入る落語家というものはいない。サゲはなくとも、落語家としての最初と最後の挨拶は、必ずあるのである。つまり観客は、必ず「落語家としての声」を耳にすることになるのだ。八代目桂文楽が「鰻の幇間」を演じる時、文楽が消えて幇間が現われる、と言われる。けれど、それは、もともといた文楽が、あるいはこの幇間をだます「先《せん》のとこの男」（安藤鶴夫言うところの）をも演じつつ、幇間が現われるのだ。これが、落語が喜劇やコントと決定的に違うところだ。普通の演劇においては、たとえば『女の一生』では最初から、八十を超えた杉村春子ではなく、十代の布引《ぬのびき》けいが現前する。けれど落語においては、落語家として登場した文楽が消えて幇間が現われる。そして目まぐるしく、幇間と「先のとこの男」が入れ代わるのである。なるほど、義太夫語りも本来は同じことをやっていたはずだが、「人形」が主になることによって、浄瑠璃の節づけは固定し、観客は人形の動きによって「声」の主を特定するようになり、現在では普通の観客には素浄瑠璃を楽しむことは難しくなってしまった。

たった一人で、背景も衣装もなしで、扇子と手拭いだけで情景を演じるという制約が、落語の語りの藝を洗練させたことは、あたかも歌舞伎の女形の、男が女を演じるという制約が、歌舞伎を雑藝めいたものから洗練された藝に昇華していったのに近い。むろん漫談家や西洋のコメディアンが小咄を披露する際にも、「人物」を演じることはあるが、それは極めて短い。ご隠居と熊さんといった二人の人物の座談だけなら、殊更困難ではないだろうが、三人以上の人物が出てきたり、時間の経過を示したり、場面が転換したりするとなると、長い歴史のなかで培《つちか》われた高度な技術が用いられる。演者によって使われる技術は違ってくるが、初めて落語を聴いた人がよく戸惑うのは、突然場面が変わることであろう。例として十代目金原亭馬生の「笠碁」をあげると、碁のことで喧嘩別れした二人の老人のうち、一人が、遊び相手がいなくて苛立っている場面を示したあと、唐突に、もう一人の老人の「赤んボ泣かすんじゃありませんよ」というぼやきが来る。あるいは時間の経過にしてもそうで、古今亭志ん朝の「化物《ばけもの》使い」では、化物がいなくなって、ご隠居が「明日が楽しみだな」と言ったあと、すぐに「何してやがんのかな」と、次の晩になっている。演者はこれを、間《ま》と、身振りと、声だけで示すのであるが、恐らくはこの種の場面転換や時間経過について、昔は「さてこちらはもう一人のご隠居」とか「さて次の晩となります」といった地の文＝語りが入っていたのであろう。それを、省略してしまう。これは、これまであげてきた他の藝能の、いずれも成しえなかった力業である。

さらに落語には、「演じきらない」という特徴がある。つまり、芝居のように、その人物に成りきらないのである。むしろ先代の三遊亭金馬の「居酒屋」などは、その例外であって、金馬は客と小僧とを、声色によってきっちり演じ分けていた。金馬は女を演じるにも声色を変えていた。だが志ん生となると、全体にきわめて無造作で、女であっても少し声を高めにする程度で、声色など使わないし、時に地のままで人物の言葉をなぞっているだけのように聞こえることがある。だから志ん生は、慣れない観客には何を言っているのか分からないことがあって、その辺は春風亭柳昇にも通じるのだが、この「滑舌《かつぜつ》の悪さ」が藝風になりうるというあたりも、落語の特徴である。もっとも杉村春子や笠智衆《りゅうちしゅう》にも、いくぶんこの、素のままでせりふを言っているようなところがあった。六代目圓生や志ん朝は、むしろきっちり役を演じていたが、それでも素早く人物を取り替えるためには、演じきってはならないのが落語の宿命で、その宿命こそが高度な技倆を生んだことに違いはない。

この「地の文」の省略に天才的な技倆を発揮したのが、三代目桂三木助の「さんま火事」で、一度はどこかに書いておきたいと思ったのでここで書く。これは初代の林家正楽《しょうらく》が作った新作で、筋は、あまりに因業な商人の大家のやり方に怒った長屋の住人たちが、大家一家を慌てさせてやろうというので、たくさんさんまを買ってきて一斉に焼いて煙をたて、「火事だ」と叫べば嘘になって罪になるから「河岸《かし》だ」と叫んで聞き違えさせようと計画し、食事どきなら一番面白いというので、その商家の暖簾《のれん》が取り込まれるのを合図に叫ばせようということになる。準備が整ったところで、暖簾を入れるのを待つのだが、ここは普通なら、地の文に戻って、「待っておりますと暖簾が入りましたので一斉にさんまを」などとやるところだ。しかし三木助は、計画立案者のせりふとして、「暖簾を」と言ったあと、まるで三木助自身が口ごもったかのように「ううう」とやったあとで、「入れた?!」とやったのである。これで見事に、暖簾が入るのを待つという中途半端な時間が示されたのである。これほど鮮やかな時間処理は、ほかに聴いたことがない。

落語では「間」が重要だと言われるが、間の取り方のうまさでは、三木助は絶後であった。「長屋の仇討ち」では、神奈川宿に、武士と三人の威勢のいい河岸の若いものが隣り合わせに泊まり、三人が次々と騒ぐので武士が苦情を言う。武士は泊まる際、宿屋の若い者である伊八に「夜前《やぜん》は相《そう》州《しゅう》小田原宿、大久保加賀守さま領分にてむじな屋と申す間狭《ませま》な宿屋に泊まりしところ……」云々と、昨晩はうるさくて眠れなかったから静かな部屋へ案内してくれと言っておいたので、隣の三人が騒ぐたびに伊八を呼んで「先刻泊まりの節その方に何と申した。夜前は相州小田原宿……」とこれを繰り返す。三度目に伊八が呼ばれて「先刻泊まりの節その方に何と申した」と言うとすかさず伊八が「ェ夜前は相州小田原宿……」と言いかけるので武士は「黙れ！」と一喝する。これで笑いがくる。だが、武士のせりふを伊八が繰り返したので怒った、ということをこれだけで理解させるのは難しい。ほかの落語家はここを「黙れ黙れ！」と二度繰り返すか、最近では「誰が覚えろと申した」といった「説明し過ぎ」に陥ってしまう。それも、三木助の、間と口調がコンマ一秒の単位で絶妙だからである。

さて、もう少し考察を進めたい。「コメディアンは、自分で笑ってはいけない」という考え方がある。そこで引き合いに出されるのは、終始苦虫を噛みつぶしたような顔を崩さなかったバスター・キートンであったりする。落語家でも、志ん生や志ん朝は確かに笑わない。ところが、名人と言われる落語家で、笑う人がいる。その最たるものが圓生だろう。馬生、枝雀あたりも、笑顔を見せることがあった。確かに今の落語家で、にこにこし過ぎて良くないのはいる。けれど圓生のは、そうではない。ここでやはり、語り手である落語家の、噺そのものとの関係に触れねばなるまい。「コメディアンは笑ってはいけない」と言う時、人は、そのコメディアンが徹頭徹尾、役を演じることを要請しているのだ。たとえば漫才の「ボケ」を演じる側、あるいは坂田利夫のようなお笑い藝人は、時にその当人もまたバカなのではないかという錯覚を観客に起こさせる。だが実際には、多くの「ボケ」藝人は、緻密な計算の上にボケを演じている。だが、落語家の場合、事態はさらに厄介で、戦後の上方落語をほとんど独力で復活させた桂米朝がそうであるように、落語家は生半可な観客以上の勉強家でなければ勤まらない。ただし落語の歴史のなかでは、明らかなインテリで、自ら多くの、今なら人情噺と呼ばれるであろう噺を創作した三遊亭圓朝のあと、「ステテコの円遊」ら四天王と呼ばれるバカバカしい藝風の落語家が人気を博した。圓朝の人情噺であれば、噺家がインテリでも構うまい。けれど落し咄系の噺の場合は、「さてここに出てまいりますのは、われわれ同様という」といった具合に、落語家自身を八っつぁん、熊さんのレベルにあると規定して見せなければならない。しかしもちろん、そんなはずはない。落語家はご隠居さんのせりふも口にしているのだから。たとえば志ん生は、時に舌がうまく回らなかったり、あたかも投げやりに演じているように見えたり、「フラ」の落語家として知られているが、これもすべて緻密な計算に基づいている。だが圓生は、それとは違う行き方を、いつしか確立した落語家である。圓生は若いころ、受けない落語家だった。顔だちから言っても口跡《こうせき》から言っても、インテリ、あるいは少なくとも観客よりものを知っていることを隠しようがなく、志ん生や金馬や林家三平のように、愛嬌で受けることはできない。いつ、どのように圓生が変貌したのか、私は見ていないから分からないが、圓生は高座の上の「素」の落語家としての自分を、たとえて言えば「百年目」の番頭の位置に置いたのだ。表面上、謹厳で、女遊びなどしたことがないという風をしながら、実は遊び人、という位置に。じっさい、圓生の落語を聴いて、お説教されているようだ、と言った人がいたが（大阪の人にはそう感じられるようだ）、ちょっと見にはそう見えるだろう。けれど、マクラの小咄の後で、笑いながら頭を掻いてみせる圓生は、「実は色男」のペルソナをかぶったのである。落語家は噺のなかで数多くのペルソナ（面）をかぶるが、実は素面《すめん》のペルソナも持たなければならない。

当代の柳家小三治も、悩んで名人になった人である。小三治もまた、「真面目すぎる」という評に苦しみ、ジャズの演奏家たちの人生を知って振り切ったと言っていたが、実際、一九七九年ころ、それまであまり映えなかった小三治が、急に化けたのを私は記憶している。つい一年ほど前の「厩火事」が、ただ教わったとおり演じているものだったのに、突如、細部まできめ細かな演出を施されたものに変わったのだ。その後小三治は次第に「マクラ」を独自のものに仕立て上げていった。ここで小三治が身につけたのは、「小言幸兵衛」のペルソナと、「間」というにはあまりに長い沈黙である。小言幸兵衛なら、「ぼやき漫才」めくが、漫才のように突っ込んではもらえない。そのためには、幸兵衛が滑稽に見えるのと同じように、小言を言う小三治自身を、そのまま観客に「笑わせ」なければならない。その点、米朝や志ん朝は、あくまで噺で勝負しており、落語家のペルソナを特に拵《こしら》えようとしなかった。晩年の志ん朝のマクラが精彩を欠いていたのは、否めない。この点、上方落語で特異なペルソナ作りをしているのは、当代の春団治《はるだんじ》である。春団治が語りはじめる時は、とても落語家とは思えない、陰気な顔と口調だが、そこからするすると噺に入ると、いつしか陽気な場面が展開している。
日本の人形浄瑠璃の出遣《でづか》いは、西洋の演劇学者の注目を引いており、和辻哲郎もこの問題に取り組んでいる。けれど人形浄瑠璃においては、人形がついてから、太夫は声を語るだけで、動きや表情は人形に任せておけば良くなった。しかし落語家は、能楽の用語を使うなら直面《ひためん》のまま、二つ以上の面＝ペルソナをかぶらなければならない。時には、「大工調べ」の「おいお婆さん逃げなくったっていい、逃げるなら一緒に逃げよう」のように、一言も言わない人物さえ提示する巧妙な技術を、そこで発達させたのである。

三

落語を現代において聴く困難の一つは、その女性観が「古い」のではないか、という問題だが、それは古典のすべてについて言えることだ。二つの台詞を紹介して、稿を終わろう。桂枝雀の「崇徳院」には独特の泣かせどころがある。若旦那の恋煩いの相手の娘さんを探してきたらお礼ははずむ、長屋の家主にしてやると旦那から言われ、女房に尻を叩かれるように出かけた熊さんが、一通り回って見つからずに帰ってきた時、この女房は、「あかなんだン……しょがないがな。あきらめなはれ、いいえわては何とも思てやしまへん。わたいら、かたの悪い夫婦《めおと》、家が持てたりしますかいな。いーえそんなこと何とも思てやしまへん……」(一九七八年のもの)と、長々と、しんみり、夫を慰めるのである。もちろん、熊さんが、ただ黙って歩いていた、と聞いて女房の態度は一変するのであるから、この慰めは笑いのための仕込みなのだけれど、普通、落語に出てくる女房というのは、こんなものではないし、他の人の「崇徳院」にこんな場面はない。けれどこの「わたいら、かたの悪い夫婦」というせりふ、泣かせるではないか。よく「芝浜」の女房が落語のなかでは賢妻の代表のように言われるけれど、あの噺はいかにも、明治期の勤倹努力の思想を表わしていて、実は私は好きではない。むしろ枝雀師匠がこしらえた、この一瞬の女房の姿こそ、あらまほしい妻の姿ではないかと思う。

だが、「子別れ」のなかに、女郎を女房にして追い出してしまった最初の妻をさして「あのおかみさんはお前さんにゃあ過ぎもんだったねえ」と仕事を頼みにきた男が言う。先代の三笑亭可楽は、男に「いやあ、亭主に過ぎもんの女房なんていませんがね」と、さりげなく言わせたという。談志師匠はこれがお気に入りで、受け継いでやっているが、他の人は誰もやらない。当然だろう。いまこんな台詞を入れたら、女の人に怒られてしまう。女性蔑視だと言われてしまう。けれど、「男に過ぎもんの女はいない」ではないのだ。結婚という関係に入った時、常に妻というのは夫にとって不十分な存在になるということを意味しているのかもしれないのだ。もちろんそれは、妻にとっても幸福でないものがあるということを意味するから、結婚というものの闇をちらりと覗かせているのかもしれないこの台詞が、子どものおかげで別れた夫婦がまた一緒になるという噺のなかに出てくるあたり、落語はやはり凄い。

# ペニスなき身体との交歓——川上弘美『神様』

「くま」というものは、いつから「可愛い」ものになったのだろう。本物の熊は、猛獣である。けれどテディベアに始まって、くまはぬいぐるみとして愛玩され、童話にもよく出てくる。確かに、未開社会のトーテミズムにおいて、熊がトーテムになっていることはあるし、アイヌでは熊はキムンカムイと呼ばれる神である。だから「神様」がくまなのは文化史的に正しいのだが、川上弘美がくまと言うと、やっぱりその愛玩されるくまである。『いやいやえん』に出てくるくまである。足柄山の金太郎が熊と相撲を取ったといった童話ができたのは、明治二十七年（一八九四）ころの巌《いわ》谷《や》小波《さざなみ》の童話と、三十三年にできた童謡「金太郎」以降のことだ。もっともここでは、熊は、怪力の持ち主金太郎がうちひしいで家来にするという文脈で出てくるから、まだ「可愛い」くはない。

　くまが可愛くなったのは、やはりテディベアからで、真野朋子『テディベア入門』（晶文社）によると、テディベア誕生の地についてはドイツ説と米国説とがあるが、いずれにせよ一九〇三年に生まれたものらしい。それから第一次大戦前の欧米で大流行し、一九二〇年代の英国ではテディベアものの童話や漫画に人気があり、そのなかからミルンの『くまのプーさん』も生まれたという。日本で『コグマノコロスケ』が発表されたのは昭和十年（一九三五）ころだ。あとはもう、たくさんある。戦後になるとパディントンが出てくるし、日本ではいぬいとみこの『北極のムーシカミーシカ』もあるし、一九七二年にはシロクログマたるパンダも来日してブームを起こし、もともとは「パンダ」といえばレッサーパンダのことだったのに、いつしかジャイアントパンダのことになってしまった。私はレッサーパンダが可愛いと思っていたから、義憤を感じている。

だから川上弘美が「くま」と書くとき、それが、雄の成熟したくまで、大きい、と書かれていても、読者はこういうテディベアの文脈で、それを見る。山の中で熊になど出会ったら怖いけれど、それとこういう「くま」とは別である。現代の文明社会の人間は、サファリにでも行ったり、北海道の山の中にでも住んでいたりしない限り、猛獣に出会うとしても動物園でおとなしくしているものだけで、現実の熊の怖さには出会わずに済む。

川上弘美の作品には、現実の熊ではなくてテディベアばかりが出てくるようなところがある。その後の『溺レる』や『センセイの鞄』のように、恋愛を描いたものでも、現実の恋愛のどろどろした、苦い、辛いところはうまく避けられて、変態的な行為が描かれても、どこか現実離れしている。というようなことを私は文藝雑誌に書いたことがあって、その一方で、現実の恋愛の醜さを容赦なく描く藤堂志津子の作品いくつかを絶賛したのだが、それを気にしたのかどうか、川上は『朝日新聞』で藤堂の新刊『秋の猫』の短い書評を書いて、このところ藤堂の作品をつづけて読んでいる、と書いていた。

さて、それはそれとして、である。『神様』の「わたし」は、よく読むと性別不詳なのだが、読者はたいていこれを女と見ている、ということも書いた。そしてくまとの別れ際に「抱擁」を交わす。このくまは、人語を話すし、立って歩いているらしい。第一立っていなければ抱擁などできない。しかし本当の熊は、立ち上がることはあるけれど、普通は四つ足で歩いている。一方このくまは、衣類を身につけてはいないらしい。ここでこのくまを、無謀だけれど人間のオスに置き換えてみよう。ヒトのオスを全裸で直立させてみると、いやおうなくペニスが見えてしまう。これと抱擁を交わすというのはなかなかただならぬ営為である。くまだから自然に思えてしまうだけだ。高等類人猿のなかには、チンパンジーのように立ち上がった時にペニスの見える類もあるけれど、ヒトのペニスたるや、ゴリラのそれより大きいのである。「河童玉」では、河童が出てきて、閨《ねや》のことがうまくいかなくなってきて、あちらのほうが凜としない、とウテナさんに訴えるのである。河童たちは、「わたし」とウテナさんに、せっかく来たのだから「いたしませんか」と誘いをかけ「河童の味はようござるよ」と言うのだが、二人とも断わって帰ってくる。さて、河童のペニスとはどのようなものであろうか。普段は体内に隠れていたりするのであろうか。しかしながら、男河童と女河童は、ウテナさんたちの前で一儀に及んでみせようとするのであるから、河童のペニスをいやおうなく目にしているはずである。けれど、その描写はない。川上弘美の小説なのだから、ないに決まっているようなものだが、ない。

だいたいが、私たちは、動物のペニスというものを、そうちょくちょく目にするものではない。むろん、牧畜業に携わっていて、馬や牛の種付けをする人は、しょっちゅう見ているだろうし、飼っている猫や犬のそれなら見ている人も少なくないだろう。だが何しろ動物はたいてい四本足で、ペニスは隠れているし、体毛もあるから、普通はめったに目にしない。先般、動物の交尾の写真を見たくて、岩合《いわごう》徳光の写真集『交尾』(ノーベル書房、一九七〇年)を入手したのだが、なかなか交尾の写真を撮るというのは難しいらしく、接合部とかペニスとかがはっきり見えるものは存外少なかった。しかし多くの人が動物を間近に見ていた古代・中世社会では、動物のペニスを見る機会も多かったと思われる。それどころか、私が子供の頃は、まだ馬が通りを歩いて馬糞を落としていたりした。

だから昔の人々は、雄の動物と人間の女の交合というもの、あるいはその逆を盛んに空想したのだろう。それで、『旧約聖書』では獣姦の禁止令が出たり、『日本書紀』で、武烈天皇が野に出て女を捕らえ、むりやり馬と交わらせたといった類の話になり、『日本霊異記《りょういき》』に出てくるような、狐を妻としていたとか、鶴女房とか信太《しのだ》狐とかの異類婚姻譚になり、『南総里見八犬伝』の、犬を夫とするお姫様の話や、『遠野物語』における、馬と恋をした娘の話などになり、現代でもその幻想は残っていて谷岡ヤスジのバター犬になり、「獣姦」アダルトヴィデオになったのだ。ところが一般に異類婚姻譚では異類は人間に姿を変えている。変えていないのが『南総里見八犬伝』であり、その典拠となった槃狐《ばんこ》説話である。「神様」も「河童玉」も、異類婚姻譚の変形であることは明らかだが、ここでは異類は人間に姿を変えてはいない。ところが、ヒトのオスと動物のメスという形の異類婚姻譚では、メスは間違いなく人間に姿を変えている。山羊で性欲を満たす男の話というのも、井伏鱒二の小説に出てきたと記憶するが、これは婚姻でもなければ恋でもない。『神様』の「わたし」を、男に変えてみたら、どうだろうか。もちろん、その場合、くまはメスにしておく。やっぱり、おかしな気がする。キツネならどうかと言うに、これはやっぱり、変身してしまいそうで、キツネ身のままで抱擁を交わすのは難しい。私は若いころ、ネコと心中する男の話を小説にしようと思ったことがある。しかし考えてみると、ネコが心中に同意するとは思えないから、単にネコを殺して自殺するだけの話になってしまう。

『八犬伝』の伏姫が、犬の八房《やつふさ》と富山《とやま》の洞穴で同居していても、決して操は汚さなかったと馬琴は書いている。けれどその「気」に感じて伏姫は子を孕《みごも》ってしまう。当時の戯作者がそんな趣向を見逃すはずもなく、すぐに『恋のやつふじ』というパロディ春本が書かれて、八房に犯される伏姫の図が描かれた。だからこんなふうに、馬と交合する女だの、犬と同棲するお姫様だのは、どうしても男の想像力を性的に刺激してしまうのだが、それを、男の側のイヤラシイ妄想の産物でしかないと片づけてしまっては、間違うのではないか。

たとえば大島弓子は、もう十年以上前から、サバとかグーグーとか、猫たちとの共棲を描きつづけている。サバはファンタスティックに人の男の姿をとっていたが、グーグーたちは猫のままである。この「私小説」めいた作風の転換に違和感をもった人もいたようだが、私は十年読みつづけて感嘆久しい。名品である。ちょうど二葉亭四迷の『平凡』で、女との関係に疲れ果てた男が、飼い犬にのみ愛情を感じていくように、あるいは内田百閒が『ノラや』を書いたように、人は人との関係に疲れて、動物と生き、動物を人よりも愛するようになったりする。もっとも、疲れる前からそうなっている人もいて、犬を飼っている女は結婚できない、という話もある。ただしこの場合、母親と二人暮らしであるというのが条件である。

ヒトのメスは、ヒトのオスと暮らすようにと世の中から言われるのだが、ヒトのオスは、ペニスと言語を持っているから厄介だ。ペニスなら動物のオスでも持っているけれど、動物のオスは言語というものを持っていない。なぜ言語を持っているのが厄介かというと、ヒトのメスというものは、ペニスが膣内に入れられると、同時に「愛してるよ」とか、その種のコトバを期待してしまうように、育てられているからである。育てられている、と言うと、文化構築主義になってしまうのだが、もっと正確に言えば、ペニスが膣内に入ると、つまり交合すると、何かを奪われたと生理学的に感じるのである。だいたいが、動物なるものは生殖のために交尾をするもので、ヒトだけが発情期なくのべつに交合するのであって、それは大脳が発達したためにヒトという動物は退屈を覚えるようになり、その退屈を紛らわすために交合をのべつするようになったというのが私の説なのだが、その場合メスの側には妊娠というのが、ほんらいそれが目的だったのに今度は思わざる結果として起こってしまうということがあって、そうなればメスは妊娠期間をオスに保護してもらう必要があるから、「愛してるよ」などと言わせてこれを確認しようとするのである。

だがそこにはさらなる齟齬があって、何もペニスを膣内に挿入したり射精したりしなくても、裸体になっていろいろ睦《むつ》み合えば所期の目的（退屈しのぎ）は達せられるのだが、いざやってみると、オスの側に不全感が残る。どうしても、入れて、射精して、というのが最終的行為だという思念が離れないから、してしまうことになる。すると女には、この男を放したくないという気持ちが往々にして芽生えるから、修羅になる。髪を振り乱す。ヒトのオスが面倒なのは、そういうところだ。いちばんいいのは、衣服を脱いだりしないで抱擁だけしていることだ。もっといいのは、ヒトではないもののオスと交際することだ。きっと多くの女たちは、前近代シナの女官たちにとっての宦官《かんがん》のように、あるいは十八世紀西欧の貴族女性たちにとってのカストラートのように、男を去勢してしまいたいという願望を持っている。もっとも阿部貞とか、夏石鈴子の『バイブを買いに』のヒロインのように、おちんちんを所有してしまいたいとか、それが愛おしいとかいう女たちもいるのだが、川上弘美の場合には、ペニスなきオスを願望している。「くま」と「抱擁」するという『神様』の結末には、川上のそういう原型的な願望が、あらわれている。

だから『センセイの鞄』のセンセイは、勃たないで終わる。ツキコさんとセンセイが遂に性交し終えないことを不満に思うのは、それは川上弘美を理解していないからで、勃起しないペニスこそが川上の根深い願いなのである。それならレズビアンというのはどうか、というに、川上弘美は異性指向だからそうはならないし、レズビアンはレズビアンで、存外ややこしい愛憎関係を抱え込んでしまうのだということが、松浦理英子や中山可穂の小説を読むと分かるのである。

＊

『神様』連作に一貫して出てくる「わたし」とはしかし、何者なのだろう。話すくまとか叔父さんの幽霊とか壺の中から出るコスミスミコとか、人魚とかいろいろ怪しいものに邂逅する。独身の女らしく、仕事をしているらしく、マンションだかアパートだかの302号室に住んでいるらしい。305号室に越してきたのがくまで、上の、たぶん402号室に住んでいるのが画家兼高校教師の男、エノモトさんだ。304号室には、両親と一緒に、中学生らしきえび男くんが住んでいる。従姉の華子さんが三十五歳となっていて、「従姉」と書いてあるからそれより年下なのだろう。「猫屋」という飲み屋によく行くが、いちばん仲がいいのはウテナさんらしい。くまとエノモトさんとえび男くんは同じ建物に住んでいるはずだが、同時には出てこない。「わたし」の仕事は不明だが、原田さんの畑仕事を手伝ったりしているから、キャリアウーマンではなさそうだ。ウテナさんは出張に行ったりしているから、会社勤めらしい。エノモトさんは独身で、「わたし」はよくコーヒーを飲みに行くけれど、色恋沙汰にはなぜかならない。叔父さんは出てくるけれど、両親は出てこない。

一応、現実とはつながっているけれど、不思議な出来事が起こって、しかし生々しいこと、七面倒なこと、決定的なことは「わたし」には起こらない。そして、現代の少なからぬ数の人々が、こういう世界に憧れている。こういう世界を、日本で最初に描いたのは、夏目漱石の『吾輩は猫である』である。ただしこちらは、その後の漱石作品や漱石の伝記を知っている者が読めば、だいぶ神経症的なところがあるのが分かる。漱石がこういう世界を描けたのは、当時の大学卒業者が、高等遊民になれるだけの親の資産があり、彼らがモラトリアム期間を生きていたからである。

しかし敗戦後、新憲法で労働が義務づけられてしまったし、親の資産があって何もせずにぶらぶらしているなどという生活を世間は許さなくなったし、そういう世界を描こうと思えば、せいぜい大学生の生活が描けるくらいだったが、大学生といえば「恋愛」をするものであるから、絶対、厄介なことになる。『神様』では、ウテナさんは大失恋をするし、コスミスミコは「チジョウノモツレ」で刺し殺されてあやかしになってしまうのだが、「わたし」にはそういうことは起きない。では川上は恋愛を描かないのかといえば、それどころではなくて『いとしい』『溺レる』『センセイの鞄』など、せっせと恋愛も描いているのである。けれどそこには、あの恋愛特有の生々しさがない。修羅場がない。藤堂志津子の世界とは対極にある。近代の文学伝統のなかでは、こういうのは「文学」少なくとも「純文学」ではない、とされてきた。二十年ばかり前なら、読んで暗く重い気分や悲しい気分になるのが純文学で、読んで明るい気分になったり痛快な気分になったりするのが大衆文学だと思われていた（感動して泣いたりするのは大衆、感動して言葉を失うのが純、かな？）。今では高村薫や桐野夏生や宮部みゆき（の本格もの）のミステリーなんかのほうがよっぽど暗い気分になる。かといって、髙樹のぶ子や宮本輝が純文学作家扱いされているのと、川上弘美がそうであるのとも、また違う。

純だの大衆だの、分けなくても、いいじゃあないかと言われそうだが、仮に分けなくても気になるのだ。川上は、インタビューに答えて、死ぬのはこわい、「生まれ変わりは信じてない」（『本の話』二〇〇二年七月号）とか、「ここ十年くらい死についてよく考えるようになったんですけど、人間、年を取っていくと、ある程度は死に慣れていくとは思うんですね。でも私はどうかと考えた時に、私はずっと死は恐いと思い続けると思うんです。だからこそ、生きているということをものすごく考えるような気がします」（『季刊読書のいずみ』二〇〇三年三月）などと言っている。この辺の感じ方は私も同じだ。

川上は、今年四十五歳になる。「老い」を感じはじめる歳である。もっとも写真で見るかぎり、その歳には思えないくらい若々しく、美しい。そしてみんな、そこで躓《つまず》く。『神様』の「わたし」は、虚点である。私たちは、この「わたし」が語っていることを聞いているだけであって、誰もこの「わたし」を外側から見て報告はしてくれない。出てくるのは幽霊の叔父さんやらくまやら河童やらであって、一番まともな人間めいているエノモトさんにしても、この「わたし」がどのような容姿で、女として魅力的なのかどうか、語りはしない。そうなると私たち読者は、自ずと、川上弘美その人を、「わたし」に当てはめてしまう。似たようなケースは、北村薫の「円紫師匠とわたし」シリーズで、大学の国文科の女子学生である「わたし」は、本のカヴァーに描かれた高野文子の、知的でスリムで可愛らしい女の子を当てはめられてしまうのだ。ベンヤミンは、複製技術によってアウラが消えると言ったが、物書きに関して言えば、その物書きが美しい時、あちこちに掲載される著者の写真は、読書体験にも影響する。昔は「美人作家に美人なし」と言われたくらいで、美人作家などというのはほとんどいなかった。そして私たちは、あの写真の川上弘美ではなく、醜い老婆が書いていたとしても、同じように『神様』その他を読むだろうか、といえば、疑問なのである。私は揶揄しているのではなく、このことは真剣に問題にしなければならないと思っているのだ。黛まどかや水原紫苑や岸本葉子の書くものを、著者近影やテレビに出る姿と別個に、私たちは享受できるだろうか？　私は、できないと思う。「うらでせつない」とか「たくさんのフシギ」とかいう川上をめぐる謳《うた》い文句は、その容貌と無縁ではありえないし、川上の書評やエッセイの文体も、そうなのだ。

作品論など不要な作品というのがある。泉鏡花の小説がそうであって、あれはただ読んで楽しめばいいのである。『神様』にも、それと同じ性質があるから、いままで書いてきたことは無駄事とも言えるのだが、まだ『神様』刊行時には一部で読まれていただけだった川上が、『センセイの鞄』で妙な人気作家になってしまったことは、私には口惜しい。インタビューや対談を見ていると、川上弘美は「川上弘美」を演じているように感じる。そして多くの読者がそれを求めているのかもしれないが、私には、そんなはずはないだろう、「わたし」のように、くまと抱擁して生きていけるはずはないだろう、と思えてならない。ＮＨＫ教育テレビで松山巖と対談した際に、「恋愛は、苦しいですよ」と言った時、ようやく演じられる「川上弘美」が綻《ほころ》びを見せたように思ったのだが、そんな「ペニスなき身体」の世界がいつまでも続くはずはないのだから、いずれその「苦しい」ところを書きはじめてほしいものだと、私は思う。

私は、どちらかといえば、美人クラシック演奏家とか、美人アナウンサーとかが、好きなほうだ。前者については、邪道ではないかと思いつつ、その昔、仲道郁代とか吉野直子とかのCDをせっせと買い込んでいたのは、主にその容姿のゆえだったと思う。岸本葉子に甘い点をつけるのも、やはりいくぶんかはその容姿が関係していたと、あえて言おう。そして、私や井上章一のような面食いが、個人的に楽しんだり、あるいは一人でそんなことをしていたりする分には、いいのではないかと思う。久世光彦《てるひこ》のような人が、一人で川上に惚れてしまったなどと書いたり、砂川《すながわ》しげひさが「鮫島有美子さんは美人だ」と書いたり、中島義道が、江國香織は美しい、と書いたりしている分には、「困ったオヤジだ」(私を含めて)でいいだろう。けれど、こう集団催眠にかかったように、大勢が容姿に感じる魅力と作品の力とを混同したりするのは、やはり間違いだ。最近の「可愛い子ちゃん演奏家」には私も興味がない。石井政之は、『肉体不平等』(平凡社新書)で、現代の見た目至上主義を、当人の自意識の問題として論じているが、やっぱり、私たちはちょっと反省すべきなのではないか。演奏家やエッセイストや作家や学者や政治家を、容姿で評価しないように、せめて努力すべきではないか。

(付記) 私は、『神様』が出た時に絶賛した(「朝日新聞」ウォッチ文藝)。しかし、谷崎潤一郎賞を受賞した『センセイの鞄』には一向に感心せず、谷崎賞に値するとは思えなかった。その後川上は、長編『真鶴』で藝術選奨文部科学大臣賞を受賞し、芥川賞および三島賞の選考委員になり、今や文壇の中堅から重鎮に移行する勢いである。『センセイの鞄』のあと、芥川賞を受賞した大道珠貴《だいどうたまき》の「しょっぱいドライブ」は、若い女と老人の性愛を描いて同巧異曲、これまた評価できなかったが、続いてベテラン作家の小川洋子が『博士の愛した数式』を出してこれがヒットし、読売文学賞を受賞、映画化もされて話題となった。小川は続いて『ミーナの行進』で谷崎賞を受賞した。しかし『博士の愛した数式』は、初老に近い男と三十代の女の交流を描いて、『センセイの鞄』との類似を私には感じさせたし、純文学小説というより、ヤングアダルト小説と言うべきものである。純文学作品である以上、従来の作品にないものを提出すべきであり、『ミーナの行進』も、ヤングアダルト小説として見れば、乙骨《おっこつ》淑子の『十三歳の夏』のような良質の作品として見られただろうが、谷崎賞を受賞するにふさわしい作品とはとうてい言えない。児童文学であれば、児童文学として評価すればよいだけのことで、谷崎賞ではなくて児童文学者協会賞や路傍の石文学賞であれば納得する。しかし、純文学作家が書いた優れた児童文学として、三浦哲郎《てつお》の『ユタとふしぎな仲間たち』のようなものがあるというのに、また児童文学の世界へ行けば、山中恒《ひさし》のような、文豪といってもいい優れた作家がいるのに、純文学というパッケージで売ってしまうのは、明らかにまずい。

小川もまた、川上と同時期に芥川賞、三島賞の選考委員となって、世間を当惑させたが、小川も一種の「美人作家」である。しかし『真鶴』は独自の世界を構築しており、これが谷崎賞であれば問題はなかった。谷崎賞は、与える作家と作品のタイミングが最近うまく行っていない。村上龍は

『共生虫』で受賞しているが、村上の作品として特に優れているとは言えない
もう一つ驚いたのは、藝術選奨新人賞を受賞した絲山秋子の『海の仙人』と、泉鏡花賞を受賞した小川洋子の『ブラフマンの埋葬』で、前者は「ファンタジー」という謎めいた人間らしき存在が登場し、後者は、犬のような「ブラフマン」と名づけられた動物らしき謎めいた存在が中心になっている。いずれも、『神様』の亜流としか思えない。そして『海の仙人』は二〇〇三年十二月の『新潮』、『ブラフマンの埋葬』は二〇〇四年一月と二月の『群像』に出ているから、五年ほどの間を置いて、川上の亜流が偶然同時期に現われたことになる。大江健三郎や倉橋由美子が登場した頃も、文学新人賞に応募してくる作品は、この二人の亜流が多かったと言われるが、小川は、歳は下だが、川上より先に登場した作家である。こうも川上弘美が影響を与えるというのは、私自身、『神様』を絶賛しただけに、理解はするが、それにこうして文学賞が与えられてしまうのは、亜流だとして退ける「批評」が不在だということを意味するだろう。『ブラフマンの埋葬』は、どうということのない凡作で、時期的には『博士の愛した数式』と『ミーナの行進』の間に位置するが、これまた一種の「癒し系」小説で、こうしたものがなべて文学賞を受賞してしまうのは、理解に苦しむ。川端康成文学賞を受賞した絲山の「袋小路の男」も、十二年間の女の片思いを描いているが、その間男はずっとセックスをしていないらしい。そういう体質なのだろうが、そういう特殊な男を描くことに、何の意味があるのか私には分からない。しかしこれも、「ペニスなき身体」だから、川上の亜流と言うこともできる。

またこれらに限らず、最近は「本屋大賞」とかいうのがあって、書店員が選ぶというのだが、書店員としては、どうしても売れる小説を優先することになるだろうし、それを文学としての質と勘違いしないでもらいたいと思う。いや、近年むしろ、純文学におけるポピュリズムが横行しつつあるのではないか。

なぜか評価の高い堀江敏幸なども、まったく退屈で、まるで志賀直哉のようだ。堀江の『雪沼とその周辺』が谷崎賞をとった時、受賞式で丸谷才一が褒めているのを聞いて、丸谷というのは、こんな志賀直哉ばりの作家を評価する人だったのかと驚いた。

どうやら私は、最近の純文学業界の流行には乗れていないようだ。では、お前は現代の日本の小説家で誰を評価するのだ、と問われたら、大江健三郎、村上龍、阿部和重をあげる。

# 『卍』のネタ本――谷崎潤一郎補遺1

谷崎潤一郎の『卍』には、何か粉本《ふんぽん》があるのではないか、と前から思っていた。谷崎は、虚構的な作家だと思われているが、実はそうでもないことが、研究によってだんだん分かってきている。『細雪』は、三番目の夫人松子の姉妹に昭和十二年から十六年までの間に起こったことを適宜改変したものだし、『痴人の愛』は、最初の妻千代の妹せい子と谷崎との間の情事を、これまた適宜改変して描いたものだ。だから河合譲治は、普通の会社員としては破格の高給取りになってしまっている。『蓼喰ふ蟲』は、昭和五年の佐藤春夫への妻譲渡を題材にしたものだと思われていたが、一九八八年に、谷崎の末弟終平が、実はその前年に、和田六郎（のちの推理作家・大坪砂男）に妻千代を譲る話があり、佐藤が反対して壊したことを明らかにしたため、作中の高夏秀夫がまさに佐藤であることがはっきりして、より事実に近い作品であることが分かった。『鍵』にしても、昭和戦後、谷崎の秘書をしていた青年・末永泉が『谷崎潤一郎先生覚え書き』（中央公論新社、二〇〇四年）を出し、松子への思慕に近い感情を明らかにして、「木村」のモデルらしいということが分かった。また『瘋癲老人日記』の颯子のモデルが松子の息子の妻の渡辺千萬子《ちまこ》であることは知られていたが、谷崎から千萬子宛の書簡の一部が、一九九〇年の渡辺たをり『祖父 谷崎潤一郎』（のち中公文庫）で、また二〇〇一年に往復書簡集が刊行されて（同）、かなり生々しい感情のやりとりがあったことが明らかになった。

逆に、実録めかして書いてある『春琴抄』、あるいは『武州公秘話』『乱菊物語』のような「大衆もの」、『盲目物語』『蘆刈』など歴史ものは、虚構だが、『武州公秘話』が当時の谷崎の体験に基づく部分があることは、『谷崎潤一郎伝』（中央公論新社）に書いた。だが、同時代の大阪を舞台に、異常性愛を描いた『卍』は、出所が分からない。一見すると、谷崎に自分の体験を話した中産階級夫人がいたかのようだが、今に至るまで影も形もない。ではまったくの虚構かというに、そう考えにくいのは、語り手兼主人公が女で、谷崎は女の立場から虚構を作りだすことはできなかろうという直観である。

さて、そこで、粉本というよりネタ本ではないかと思われるのが、一八六〇年代にドイツで出た『ある歌姫の思い出』というポルノである。これは、実在のオペラ歌手ヴィルヘルミナ・シュレーダー＝デフリエント（一八〇四―六〇）の自伝的記録ということになっているが、偽作だろう。第一部が一八六二年、第二部が一八七〇年に出たというが、第一部は語り手の少女のころの性の目覚めからその後の性の遍歴までが赤裸々に描かれており興味深いが、第二部はあまりおもしろくなく、別人の手になるものではないかという説もある。第一部で、ヒロインの伯父の家の家庭教師のマルガリータという女が少女に体験談を話し、成長した少女はそれとそっくりの体験をする。つまり『嵐が丘』のような二階建て構造になっているのだが、それが、二人の女のレズビアン経験に、相手方の女の愛人が加わっての三つ巴の性愛遊戯なのである。

パオリーナと呼ばれるヒロインは、成長してオペラ歌手としてデビューし、ほどなく、ルドルフィーネという銀行家夫人と親しくなってレズビアン関係を持ち、その愛人であるイタリアの公爵も巻き込まれて、いわゆる「三P」のセックスを繰り広げていく。この作品は、一九一三年にギヨーム・アポリネールが「愛の巨匠」叢書の一巻としてフランスに紹介し、以後有名になって英訳も出たという。種村季弘『ザッヘル＝マゾッホの世界』(平凡社ライブラリー)でもこの本の刊行時のことが書いてある。種村はドヴリアンとしているが、実在の女歌手に仮託しながら、モデルが誰であるかは当時のウィーンでは周知のことで、貴族は皇帝フランツ・ヨーゼフ、同性愛の貴婦人はエリーザベト妃、ヒロインはブルク劇場の花形美人女優カタリーナ・シュラットだとある。日本では、昭和七年(一九三二)に『世界猟奇全集』第十巻(平凡社)に、『或女の性愛史』の題で作家・岡田三郎(一八九〇—一九五四)の訳が入っているが、伏字だらけである。まえがきによると仏訳から訳したというが、岡田は前半だけの英訳も持っていて、丸木砂土《まるきさど》(秦豊吉、一八九二—一九五六)がドイツ語版を持っているというので仏訳と英訳を見せたら、いずれもドイツ語版よりずっとましだったという。恐らく削除の甚だしいもので、岡田は、イギリスという国は道徳堅固のように見えて、「その内実に於ては、ドイツ、フランスなんかとても及びもつかぬくらゐに、あれなのである」と書いている。「あれなのである」もおかしい。だが、それより前の昭和五、六年ごろ、「相対会」のガリ版刷り雑誌『相対』に、主催者小倉清三郎の「利己主義と夫婦生活」という論文の参考として「女流楽人の追憶」の題で四回に分けて会員の訳が載った。これは会員制だったから伏字はなかったようだ（『別冊太陽　発禁本』〔城市郎、平凡社〕にその第一回の写真が載っており、昭和十二年となっているが、これは復刻版の年らしい）。この版は、青木信光監修で一九八一年に図書出版美学館から刊行されたが、ここでは伏字があちこちに施されている。同じ版が河出文庫の「相対会レポート」に入っており、こちらは完全版である（二〇〇〇年）。一九七八年に富士見ロマン文庫に『ある歌姫の思い出』として須賀慣《すがなれる》の訳が入っているが、これもフランス語からの訳である。もっともそのあとがきで須賀は、これまで日本では完訳はおろか抄訳もなく、これが初の邦訳である、としているが、記した通り間違いである。須賀慣（一九二六—二〇〇一）は、早大教授だったフランス文学者鈴木豊が、ポルノを訳すときに用いた筆名で、むろんモリエールの『スガナレル』をもじったものだ。同じアポリネールを訳すに当たっても、鈴木と須賀を使い分けている。

さて『歌姫』は、当の女が自分の半生談を、どうやら医師である聞き手に向かって語るという形式をとっており、『卍』と同じだ。といっても、粉本というほどに筋が似ているわけではなく、レズビアン関係から始まって、もう一人の男も巻き込むというところと、「公爵とルドルフィーネがじつはわたしの手の中で人形のように操られていたことを、二人が知らなかった」、「二人の女と、分別もあれば口も固いひとりの男性とのあいだで息がぴったり合うって、すばらしいことだと思うのよ。もちろんその二人の女性は真のお友だちでなければだめ」とか、公爵をめぐって嫉妬が生じてこの友情も崩れさり、「しかし女の友情などみんなこんなものではないだろうか」（須賀訳）といったあたりが『卍』を髣髴させる。ただ徳光光子が愛人たる語り手とその夫に薬を飲ませるという趣向になっていくのは、ネタ本にはない趣向である。谷崎がこのドイツ・ポルノを知っていたとか持っていたとかいう証拠はない。だが秦豊吉は三菱商事社員として大正六年（一九一七）から十五年までベルリンに滞在し、結婚のための一時帰国の際に六甲苦楽園へ谷崎を訪ねたことが、秦の追悼文「秦豊吉君のこと」に書いてある。森彰英の評伝『行動する異端——秦豊吉と丸木砂土』（TBSブリタニカ、一九九八年）は、なぜか秦が谷崎を訪ねたのを大正十五年秋の帰国の時と考えていて、「友田と松永の話」（大正十五年一—五月号）は、ドイツですっかり太ったのに谷崎が驚いたという秦がモデルではないかとしつつ、時間的に合わないと書いているが、秦は大正十二年十二月二十五日に神戸港へ一時帰国で帰っており（細江光氏ご教示）、そのまま苦楽園の谷崎を訪ねたとすればモデル説は成り立つ。そして恐らく秦は当時のドイツのエロ藝術・文藝についても話しただろうし、この『歌姫』の話も出て、興味を持った谷崎が英訳や仏訳を入手したといったことは十分に考えられる。『卍』の連載が三回目を迎えるころ刊行された秦の『好色独逸女』（文藝春秋、一九二八年五月）には、「ある歌劇女優の回想」としてこの本が紹介されている。同書には、谷崎を論じてザッヘル＝マゾッホと比較する文章も入っている。会社員の傍らドイツ文藝の翻訳もしていた秦は、昭和八年（一九三三）東京宝塚劇場に入社し、翌年谷崎宛に戯曲上演の許可を頼んだ返信がある。戦後ストリップ・ショーを始めたのも秦で、谷崎はストリップ好きだったから戦後は秦との往来もあったようだが、秦と谷崎の関係は今後の研究課題になるだろう。

それにしても、河出文庫版の来栖幸子による解説は珍妙である。河出文庫は、一九九七年から「性の秘本」シリーズを刊行しており、高橋鐵の日本生活心理学会の『生活心理』に載せられた性の記録「生心リポート」や、九八年の『田原安江』以後、「相対レポートセレクション」として「相対会編」で十五冊を出しており、『女流楽人の追憶』はその一つである。相対会とその主催者小倉清三郎と妻ミチヨについては、澤地久枝『昭和史のおんな』（文春文庫）に描かれているが、その雑誌『相対』そのものは、復刻版でさえ容易に見ることはできない。来栖は『田原安江』の解説以来愚痴の言いどおしで、どうやらこの人はこれらをポルノとして読まれるのが不快らしいのだが、「『女流楽人の追憶』の原典について、詳しい書誌学的な経緯を研究しておられる方がいれば、その一端なりとも、いつかそれをこのシリーズ読者たちのためにご教示願えないものであろうか」などと書いていて、要するに右記の一切に気づいていないらしい。なかんずく、今年（二〇〇六）四月に七十五歳で物故した青木信光は、美学館からこの相対レポートのほとんどを監修として刊行していたのに、それも見ていないようだ。青木は相対会レポートや高橋鐵生心《せいしん》レポートなどのシリーズを美学館から出していたが、一九八五年に美学館は出版をやめ、青木は以後も文庫版ポルノを数多く出していた。ポルノといえども文化であるから、こういう仕事も正当に評価し、しっかりした書誌を作ってほしいと思う。『相対』の初出時期については、七面堂主人のご教示を得た。

# 石田三成と谷崎潤一郎——谷崎潤一郎補遺2

昨年（二〇〇六年）のNHK大河ドラマ『功名が辻』は、久しぶりに割合出来が良かった。もっとも主役の仲間由紀恵が、役の上で五十近くなっても、まるっきり三十そこそこのメイクでしかなかったのは、近年の大河ドラマの悪い慣習を引き継いでいたが、むやみと毎回役名をスーパーインポーズするのもなくなったし（あまりになさ過ぎた気もするが）、信長役の舘ひろし、ねね（高台院）役の浅野ゆう子、石田三成役の中村橋之助、黒田官兵衛役の斎藤洋介など、脇役陣の好演が目立った。特に橋之助は、若いころのいくぶんひ弱そうな印象が消え、中堅の二枚目歌舞伎俳優の貫禄さえ備わって、長谷川一夫のようと言っては言い過ぎだが、出色の三成だった。架空の人物・六平太役の香川照之の台詞が、時々猿之助そっくりに聞こえたのには感慨を催した。

谷崎潤一郎は、石田三成びいきだったという。昭和九年の「春琴抄後語」で、渡辺世祐《よすけ》の『稿本石田三成』に触れてそう言っている。またその翌年から新聞連載の「聞書抄」は、三成の遺された娘を聞き手とする物語で、冒頭には、新聞小説としては煩雑ではないかと思われるような、三成の遺児をめぐる考証が置かれている。「私の姓のこと」で谷崎は、母方の先祖谷崎氏は、「祖父から三四代、或ひは五六代前」に近江から移ってきたそうだとし、蒲生氏郷の家臣で蒲生の姓を与えられた谷崎忠右衛門なる人物に注目している。蒲生本家は会津へ転封になったが、近江に残った者もあったのではないかと言っているが、それなら三成の家臣、蒲生郷舎《さといえ》がいる。そんな縁故から近江に、ひいて近江出身の三成にひときわ関心が深かったのだろう。伝説では氏郷の失脚は三成の計略だともされているが、これは渡辺著で否定されているし、谷崎の三成びいきは単なる祖先崇拝の念のほかに、その生涯にある感動を覚えたからでもあろう。

石田三成は、今なお評価の定まらない人物である。日本には判官びいきの伝統があるというが、関が原の敗者三成は、ふしぎとこの判官びいきの恩恵に与っていないように思える。渡辺世祐の本は、もと明治四十年、三成の名誉回復のために朝吹英二に依嘱されて、三上参次との協力の上で書かれた研究で、纏まりがまだついていないというので「稿本」とされているがこれは一種の謙遜で、近代における三成再評価の先駆をなしたものである。朝吹は一八四九年豊前の生まれで、三井の四天王の一人に数えられた実業家だが、墳墓発掘など、三成顕彰にも力を尽くした。フランス文学者として知られた朝吹三吉、登水子兄妹の祖父に当たる。渡辺著は、当初私家版として出たが、昭和四年、増補改訂版が雄山閣書店から刊行されており、谷崎はその時に読んだのだろう。

渡辺もまた、判官びいきの日本でなぜ三成が奸悪とか佞人《ねいじん》と言われるのかと問うて、徳川二百五十年、当然ながら徳川幕府は三成について悪説を流してきたのが一つの理由だと言っている。しかし、大坂の陣で徳川勢相手に奮戦した真田幸村は、徳川中期から『真田三代記』のような軍記物語で称揚されているし、浄瑠璃『近江源氏先陣館』は、北条時政と源頼家の戦いに事寄せて（もちろんそんな史実はない）、大坂の陣における真田信之、幸村兄弟の苦衷を描いている。あるいは加藤清正が、二条城で家康と豊臣秀頼が会見したとき、秀頼暗殺のために出された毒饅頭を食べて死んだという話も、明治に入ってから歌舞伎『清正誠忠録』などで流布した。だが三成については、関白秀次を讒訴したとか、朝鮮出兵を秀吉に献策しつつ自らはあまり出陣せず、武将たちの怒りをかったとか、その他多くの悪行が言い立てられていた。秀吉死後の行動についても、秀吉自身は、秀頼を家康に頼むよう遺言したのにそれに背き、天下を奪うために家康と衝突したという説が明治期には行なわれていたようだ。渡辺はこれらの説を論駁し、三成が豊臣家のために家康と戦ったという、今日ではむしろ定説とされる説を唱えている。それでも今日なお、なかなか三成の人気は上がらず、むしろ家臣の島左近の方が人気があるくらいである。その理由の一つは、どういうわけか近年になって、淀殿との密通説が現われてきたからである。

渡辺著ではしかし、淀殿の密通の相手は大野修理太夫治長だとされているし、それが定説である。淀殿との関係が描かれたのは、真田広之が三成を演じた大河ドラマ『秀吉』（一九九六年）からではあるまいか。しかし、大正七年（一九一八）の笹川臨風《りんぷう》の小説『淀君』にも、淀殿と三成の色事についての風説があったとされているから、古くから疑念を抱かれやすい関係だったのだろう（なおこの小説の著者名には「文学博士」の肩書が表紙に書かれており、小説なのに今から見るとおかしい)。三成の悪評には、むしろそれに先立って、淀殿の「悪女」としての評価があった。これは坪内逍遙の『沓手鳥孤城落月《ほととぎすこじょうのらくげつ》』(明治三十八年(一九〇五))以来のもので、五代目中村歌右衛門の演じる淀君が、妖艶な美しさを持ち、驕慢で色好みというイメージを定着させたようで、豊臣家を滅亡に追い込んだのも、この浅井家の女の頑迷にあったとされてきたのである。『功名が辻』でも、永作博美の淀殿はそういう描かれ方をしていた。その評価を覆そうと試みたのが、井上靖の『淀どの日記』(一九六一年)だったが、今なお、淀殿の「驕慢な美女」のイメージだけは厳然として残っている。私の子供の頃は、一般に「淀君」と呼ばれていた。今は淀殿とか淀の方というのが当時の呼び名ではなかったかとされている(付記参照)。

谷崎は、随筆「初昔」で、昭和十一年(一九三六)に松子とともに彦根に遊び、井伊家の別邸だった八景亭に泊まったときのことを書いており、「実は最初は彦根が目的ではなくて、もつと琵琶湖の北の方へ行つてみたかつたのである。何でもそれは、歴史に縁のある土地を訪ねて懐古的情調に浸ることが好きな松女が、大阪生れだけに豊太閤贔屓で、平素豊臣一門の興亡史に興味を感じてゐるところから、淀君の生誕地である小谷《おだに》城の城址や賤ヶ嶽《しずがたけ》の古戦場や石田三成の故郷などを、もし簡単に行ける所なら見に行きたいと云ふ気があつたのだと記憶する」とある。ここで淀殿と三成が並んで出てくるところを見ると、松子の豊臣家びいきは淀殿にも及んでおり、谷崎の三成びいきとしっくり合致しているのが分かるのである。

それでふと私は、『春琴抄』の春琴、すなわち鵙屋琴《もずやこと》の人物像は、淀殿を原型としているのではないかと思いついた。一般に春琴のモデルは松子とされており、松子と同じように大阪の豪商の四人姉妹の次女とされているが、『細雪』が当初「三姉妹」という題を考えられていたように、長女は早くに婿をとっていて、三姉妹を中心とする物語として構想されていたことからすると、松子、つまり『細雪』の幸子は、淀殿と同じく、三姉妹の長女格なのである。松子は贅沢を好み、若い頃は一種の不良少女だったが、いくら何でも春琴ほど意地悪ではない。さらにその淀殿の意向を汲んで戦い、刑場に散る石田三成の幼名は佐吉であり、佐助に通じる。三成が近江日野の人間で、淀殿も出身は近江だが、大坂城にいたことを思うと、筋は通る。

もっとも、ではその当時、淀殿と三成の間にそれらしい感情の交渉があったというイメージがあったかどうか。谷崎は、直木三十五の『関が原』（昭和六年）を読んだと「春琴抄後語」に書いているが、『石田三成』（昭和八年）は読んでいないようだし、これは『春琴抄』より後の作だ。『関が原』には「女盛りである淀君の張り切つた太腿。林檎のやうに艶《あでや》かに、滑かな肌、血管と血管と、肌と肌とが、すぐ融け入るやうな情熱。熱をもつた蕾のやうな唇、その唇から洩れる山鳩のやうな声」と描写されているが、これは大野治長の心内語である。ここでは、特に三成との感情の交渉は描かれていない。だが『石田三成』では、三成を深く信頼する淀君が描かれている。昭和四年（一九二九）に前編が刊行された三上於菟吉《おときち》の『淀君』ではさらに踏み込んで、三成を美男として描き、淀君は治長を寵愛しつつも、三成をより好ましく思っており、しかし三成は操正しく「世上で取り沙汰いたすやうな淫逸な生活に足を踏み込むやうなことは、絶えてなかつたのであります」と、淀君の誘惑に乗らない男として描かれている。臨風の『淀君』でも、淀君は大野治長と怪しい関係にあるが、三成については世間で噂されているけれども何もなく、淀君が三成と会ったあとへ治長が来て「さては此奴、以前の風説を真に受けて嫉妬《やき》に来たものと見える。（中略）修理と治部とは人物の段が違ふ。修理のやうな小人には治部のやうな英雄の心事は分らぬ」と淀君は思いつつ、治長を玩弄して喜んでいる。

私は谷崎が、佐助の出身地である日野のある人宛に出した問い合わせの手紙について仄聞《そくぶん》したことがある。残念ながら現物の行方は分からないが、先祖の土地とみてのことだろう。なお、かつて「佐助犯人説」が唱えられた時、行灯の火が消えていたことがちょっと問題になったが、十二月に歌舞伎座で『心霊矢口渡《しんれいやぐちのわたし》』を観ていて、灯が消えるのは外部から賊が入った徴であることに気づいた。近世専門の人には常識であろう。ただ、徳川時代のことだから、賊が深夜、火をかき立てて鉄瓶で水を熱湯にまで沸かすのが不自然だが、きっと谷崎先生、ガスもない時代の話であることを忘れていたのだろう。実際、島津保次郎の『お琴と佐助』以来、『春琴抄』の映画は、本来幕末の話なのに、明治期に設定するのが常道になっている。私は前々から、春琴があまりに意地悪なのを妙に思っていたのだが、淀君を念頭に置いたとすると、その謎も解けるような気がしてきた。

（付記）田中貴子は『あやかし考』（平凡社、二〇〇四年）に収められた論で、「淀君」という呼称は、辻君などになぞらえ、淀君を貶めるために作られたものだとして、徳川時代の合巻『絵本太閤記』

における、高台院を称揚し淀君を貶める記述を持ち出している。井上靖の『淀どの日記』の頃から、「淀殿」と呼ぶのが正しいという説はあったが、福田千鶴『淀殿』（ミネルヴァ書房、二〇〇六年）によれば、「淀殿」という呼称もまた、淀君没後のものだという。田中の説については、史料的裏づけが乏しい上、それでは、かつて「明石上」と呼ばれていた『源氏物語』の登場人物を、正妻ではないので「上」はおかしいというので「明石君」と呼んでいるのも貶める意図があってのことかと反問したい。福田も、より適切な呼び方として「淀」はどうかと書いているが、「北条政子」「日野富子」などの例に倣えば、「浅井茶々」とすべきだろう。ただしその場合、夫婦別姓の時代における女性を「細川ガラシャ」などと呼んでいるのも、「明智玉」と言い直すべきだし、いずれにせよ、「淀君」が決定的に間違った呼び名であるとする理由はどこにもない。

# 藝術家不遇伝説

ピーター・シャファーの戯曲『アマデウス』（一九七九年）は、それ以前からあった、サリエーリによるモーツァルト毒殺疑惑を広く知らしめたというより、モーツァルトの存命中、その音楽のすばらしさを理解できたのはサリエーリだけだったという、途方もない神話を作り上げた。これが映画化された当時、吉田秀和が「朝日新聞」の連載で、ハイドンがいたではないか、と書いて、クラシック好きの私と友人は呆れたものだが、モーツァルトの音楽が一流であることが当時の人には分からなかったなどという事実はない。死ぬころには人々から忘れられて、葬儀にも数人の参列者しかいなかったというのも誇張された話で、一世紀半にわたって流布してきた「天才不遇伝説」の類であることが、今では分かっている（たとえばハーバート・クッファーバーグ『アマデウス――モーツァルト点描』音楽之友社、一九八九年）。

どうも世間は、存命中は不遇で認められなかった藝術家の物語が好きなようだ。たとえばハーマン・メルヴィルは、当初は『タイピー』などの海洋ものの人気作家だったが、『モービィ・ディック』が理解してもらえず、次第に名声が衰えて、一八九一年に死んだときは新聞記事にさえならなかった、というのもその種の伝説であって、新聞記事は出たことが今では分かっている。スタンダールも、後世になって評価され、存命中はただの外交官アンリ・ベールとして死んだ、というが、『パルムの僧院』（一八三九年）が出たとき、当時の大作家バルザックが「一章ごとに崇高さが炸裂している」と激賞したのだ。メルヴィルやスタンダールの理解が遅れたのは事実だが、いずれも少々割り引いて考えなければならない。なかには新しく伝説を作ってしまうケースもあって、『批評空間』第一号（一九九一年）の共同討議で、日本の自然主義の時代、フランスではナショナリズム文藝が盛んだったという柄谷行人の発言に続いて浅田彰が「ゾラが何で有名かというと、ドレフュス事件で有名なんだから」と言っており、私は爾来十五年間、ゾラはあまり知られない作家で、ドレフュス事件の時の「われ弾劾す」（一八九八年）で有名になったのだと思い込んでいた（『近代日本の批評　明治・大正編』講談社文芸文庫にそのまま入っている）。実際は『居酒屋』（一八七七年）以来、ゾラはフランスで最も有名な作家で、『ナナ』（一八八〇年）は大ベストセラーだった。浅田は何か別の意味で言ったのかもしれないが、若者に変な誤解を与えたのは事実である。

やはり「不遇の天才」伝説があった宮澤賢治に対して、偶像破壊的な吉田司《つかさ》の『宮澤賢治殺人事件』（一九九七年、その後文春文庫）が出たとき、柄谷行人は、当時の詩壇に詩を正当に評価するくらいの力はあったと述べたが、これはその通りで、だいたいこの手の「不遇伝説」の基底をなす考え方は、天才は時代の先を行き過ぎるため、同時代の人からは正当に評価されない、というものだ。

エドガー・アラン・ポオやヴァン・ゴッホのように本当に不遇だった者も、むしろ当人の乱脈な生活や狂気が生活上の不遇をもたらしただけで、作品はしかるべき批評家からはちゃんと評価されていた。ゴッホなど、代表作を描いたのは最晩年なのだから仕方がない。

もう十数年前のことかと記憶するが、シェイクスピアと同時代の他の劇作家の作品を読んで、そのレベルの違いに驚き、なぜ同時代の人々はシェイクスピアの偉大さが分からなかったのだろう、と書いていた人がいた。けれど先日、スティーヴン・グリーンブラットの『シェイクスピアの驚異の成功物語』（河合祥一郎訳、白水社、二〇〇六年）を読んで、そんなことはなくて、当時から分かっていたのだ、と改めて気づいた。最終的にシェイクスピアの一座が国王お抱えとなったのも、シェイクスピアが冠絶した劇作術の持ち主だということが分かっていたからだし、それで彼はジェントルマンの地位も財産も手に入れているし、死後もなおその名声が高かったから、全集が二種類も出たのである。先の文章は、戯曲が藝術として認められるのが遅かったというところから来た勘違いで、私もいくぶんちゃんと理解していなかった節がある。その他、藤原定家にせよ世阿弥にせよ、時の為政者が認める大文学者であったことは言うまでもない。その辺は、政治家に文学は分からないという近代以降の先入観が作用している。

樋口一葉にしても、数え僅か二十四歳で死んでいながら、「たけくらべ」は露伴、鷗外、緑雨に激賞されている。女がものを書くと抑圧されると主張したいフェミニスト・上野千鶴子は、三浦雅士との対談で、なぜ一葉は評価されたのかと問い、三浦が「家長だったから」と答えると「そのとおり」と満足そうに答えていたが、そんなことは関係ない（『大航海』三九号、二〇〇一年）。のちに僅か満十七歳の中条《ちゆうじよう》百合子（のち宮本）の「貧しき人々の群れ」が『中央公論』に載ったことに室生犀星は打ちのめされ、これは理学博士の娘だから載るのだと思って自らを慰めたというが、優れているから載ったのであって、あまり同時代の評価をばかにしてはいけない。ブロンテ姉妹についても、当時、女がものを書くことは許されなかったから、始めは三姉妹が男名前で詩集を出したなどと言われているが、当時、エリザベス・ギャスケルは女名前で堂々と作家をしていたし、ロバート・ブラウニングがエリザベス・バレットと結婚した当時は、エリザベスの方が有名な詩人だったのだ。あるいはその当時、シャーロットの方が評価されて、エミリーの『嵐が丘』はあまり認められなかったという「伝説」もあったが、実際はエミリーが一作だけ書いて死んだだけのことで、当時から、『ジェイン・エア』より『嵐が丘』のほうが藝術性が高いことは批評家には分かっていた（ダニエル・プール『ディケンズの毛皮のコート／シャーロットの片思いの手紙』青土社）。

なぜ批評家が優れた作品を見落とすことがないかといえば、天才といえども時代が生むからである。仮にジョイスの『ユリシーズ』やシェーンベルクの十二音音楽が、二十世紀ではなくて十九世紀始めに現われていたら、そりゃ理解されなかっただろう。谷崎潤一郎は、文壇へ出ようとした頃、自然主義全盛の時代だったためそれが叶わず、荷風の『あめりか物語』を読んで元気づけられたと書いているが、谷崎が『帝国文学』に投稿して没になった戯曲「誕生」は、凡作だから没になったのであって、実際「刺青」その他の秀作を発表し始めると、荷風はもとより鷗外、上田敏らの激賞を受けるのだから、自然主義云々は半ば作り話か思い込みである。谷崎は、鏡花が単行本を出そうとしたら自然主義一派が書肆に対してボイコットの脅しをかけて潰れたと二度も書いており（「饒舌録」『青春物語』）、ほかにも、鏡花が自然主義の圧迫を受けて逗子に引っ込んだとか書いてあるのを見かけるが、そんな事実は確認できず、鏡花は当時神経症で逗子へ療養に行っただけで、明治四十年には『婦系図《おんなけいず》』を連載しているし、鏡花の誇張された被害妄想としか思えないのである。実際、自然主義の勢いが良かったのは、明治四十年末から四十一年くらいまででしかない。確かにこの時期出た鏡花の『草迷宮』は、遙か後年澁澤龍彦が再発見してから名作とされるようになったのだが、夏目漱石はその価値が分かっていて、『草枕』の下敷きにしている。『天守物語』や『海神別荘』が戦後になるまで上演されなかったのは事実だが、里見弴、直木三十五が鏡花の文体を模倣したくらいで、鏡花が優れた文章の持ち主であることくらいは、当時から分かっていた。要するに時代に先駆けるといっても、程度の問題でしかないということだ。

森下節の『ひとりぼっちの戦い――中河与一の光と影』（金剛出版、一九八一年）によると、中河は戦後、文壇からパージされていたが、その原因の一つは、戦時中、左傾文壇人のブラックリストを情報局に提出したからだというのだが、これは日本文学報国会の事務局長だった平野謙が、やはり戦争協力の過去を追及されている中島健蔵と半ば共謀して流したデマではないかというのだ。平野については、当時情報局文藝課長だった井上司朗が『証言・戦時文壇史』（人間の科学社、一九八四年）で厳しく指弾している。江藤淳や杉本要吉も平野批判は行なっている。中河については、

『天の夕顔』のモデルで、その材料を提供した人物が、のちにあれは自分の盗作だと言いだしたことも森下は書いている。しかし、この二つの「冤罪」ゆえに中河が戦後文壇からパージされたというのは変で、中河は昭和十四年に『全体主義の構想』を出すほどの確信的ファシストで、戦後もなお「転向」はせず、やはり戦後、中央から離れていた保田與重郎との対談『日本のこころ』（日本ソノサービスセンター、一九六九年、のちぺりかん社から復刊）を出しているし、保田のことを思えば、中河は「反省しないファシスト」だからパージされていたと考えるのが自然だろう。

すると逆に、不遇だった天才を見つけ出そうとする人というのも出てくる。その対象として祭り上げられたのが、尾崎翠《みどり》や野溝七生子《のみぞなおこ》である。尾崎については、「絶えず文学史上の発見をしたがっている人には格好の対象。過大評価」（『読売新聞』一九九一年八月六日朝刊）という声もあるという。実際、「第七官界彷徨」はアンソロジーに入れる程度の佳品ではあろうが、昭和初年のモダニズムのなかで、稲垣足穂もいたし、ああいう作風は特に珍しくないのである。龍胆寺雄《りゅうたんじゆう》は、茨城県下妻の出身なので私と郷里が近いが、これも、川端康成に嫌われて文壇から放逐されたと言われており、一九八〇年代に全十二巻の全集（昭和書院発売）が出て再評価の機運が盛り上がったが、いざ出てみるとさすがに隠れた天才とは言えないことが分かってしまった。少し覗いてみたが、語の間違いの多いのには、これでも作家かと辟易した。その代表作「アパアトの女たちと僕と」が谷崎に激賞された、と紹介文によく出るのだが、谷崎の文章にそのようなものはなく、谷崎が佐藤春夫に向かって褒めたというのを龍胆寺が聞いて書いただけのようだ。

不遇の天才作家が、没後初めてその価値を見出されるというのは、それ自体『フランダースの犬』のような「ウィーダ派」的な、実際にはあまりない神話なのである。そして『フランダースの犬』は、西洋では感傷的な三流文藝とされていて、フランドルの人たちも知らず、日本でだけ異常に有名だという。

# 鶴田欣也先生のこと

お前の恩師は誰か、一人挙げろと言われたら、鶴田欣也をあげる。カナダ時代の師匠だから、日本での師匠たちには申し訳ないが、故人だから許してもらいたい。鶴田先生は、北米に四十年いて、最後の二十年は日本との間を行き来していたが、それでいて私同様飛行機が苦手だったようで、機内では絶対眠れない、と言っていた。私は今は飛行機が全面禁煙だから当然乗れないが、吸えたころも苦手に変わりはなかった。さてその鶴田（以下敬称略）は、一九三二年八月二十三日東京生まれ、二、三歳の時母が結核で死去、四歳の時父が再婚し、二人の異母弟ができた。工業高校から上智大学英文科に入学、二年の時ＥＳＳの会長になり、神父にかわいがられたという。大学卒業後、フルブライト奨学金を得て氷川丸で渡米、ワシントン州のゴンザガ大学修士課程で英文学の修士をとった。渡米の翌年、父急死の報が届いたが、当時は帰国するわけにもいかず、暗然と夜を過ごしたという。その後ワシントン州立大学博士課程に入り、六二年頃、ミシガン大学へ教えに行く途中の佐伯彰一とシアトルで会って語り合ったという。六三年と六四年には、日本の『俳句』『俳句研究』『悲劇喜劇』『新劇』などに、一本ずつ、米国の俳句や狂言についての海外レポートを書いていたのを、今回初めて知った。その後、ミズーリ州セントルイスのワシントン大学で教えていたが、学科内抗争に巻き込まれて、学科長の部屋へ飛び込み、「サノヴァビッチ」と罵って、翌年からトロント大学へ移ったという。六六年、ニューヨークの学会で鶴田に会った芳賀徹は、当時の鶴田はとげとげしくて針ねずみのようだったと後に語ったという。鶴田は当時、滞在ヴィザが切れて日本へ強制送還される夢に苦しめられ、日本文学をやって北米で教えればいい、と思いついたという。調べると、シアトルのワシントン大学で六七年に芥川論の博士論文を出している。州立大学ではない。ワシントンが多くてややこしい。私は、日本食が好きな鶴田が、なぜ日本へ帰らなかったのか不思議だったが、『越境者が読んだ近代日本文学』（新曜社、一九九九年）で、初めて、幼くして母を亡くして継母に育てられたことを知り、実の両親のいない日本へ帰りたくなかったのだと理解した。

鶴田は、「三十代で書いた書評で褒めたものはないと思う。悪口を小気味よく書いて相手を粉砕するのが私の最大の楽しみであった。ひとと口論ばかりしていたのを覚えている」と書いている。一九六七年、東京都立大学助教授だった佐伯彰一は、同僚との軋轢から辞職し、トロント大学に客員教授として出かけ、鶴田と再会し、語り合ったという。トロントで鶴田は、日本の文学者を呼んで講演をさせたが、安岡章太郎が来たとき、その川端康成解釈に納得できなかった鶴田は、しつこく質問を繰り返して怒らせてしまい、終了のベルが鳴らなければ、安岡は鶴田に飛び掛かっていただろう、とその場にいたアンソニー・リーマンが言ったという。福田恆存も怒らせた。以後鶴田は、海外における日本近代文学の受容や、自身の作品論を日本語でも発表していく。初の単著は『芥川・川端・三島・安部——現代日本文学作品論』（桜楓社、一九七三年）だった。その基調はニュー・クリティシズムだったが、次第に川端への傾斜を深め、のち二冊の川端論を刊行している。孤児の意識を持った鶴田が川端に惹かれたのは分かる。本人は、のちに土居健郎《たけお》の「甘え」理論に触れて、母を失った孤独が、ひねくれとなり、他人への攻撃性となったのだと解釈している。鶴田は『川端康成論』（明治書院、一九八八年）のあとがきにこう書いている。

芸術とは人生に欠乏しているものに対する代償行為だという説がある。私もそう思う。何かの理由で人生に拒まれ、小説や詩を母乳代りに育ってきた人間もこの世の中にはいるのであって、そういう人達にとって文学とは生きていくための酸素のようなものだ。（中略、最近の北米で日本文学を専攻する優等生たちは）人生の代償行為などいらないほど、人生に参加し、充足していたのだろう。そういう学生が漱石についてどれだけ深遠な論文が書けるのだろう。

ところで最初の本には、佐伯が序を書き、あとがきは「過去十二年間もわがままなぼくをお守りしなければならなかった妻、めぐみにこの本を捧げたく思います」と結ばれている。ということは一九六一年ころ日本人女性と結婚し、三人の子がいたらしいが、十二年ぶりに帰国した一九六七年の夏、高校生の工藤美代子に会い、工藤は、私は将来この人と結婚するんだ、とぼんやり思ったという。その後六八年から七〇年まで工藤はチェコのカレル大学に留学し、一年だけ結婚していたが、七三年夏、パリで鶴田と再会して、十一月、二週間ほどカナダへ行ってくると両親に嘘をついて出かけ、そのままヴァンクーヴァーへ飛んで鶴田のおしかけ女房になったという。これは工藤の『女が複眼になるとき』（大和書房、一九八六年、のち講談社文庫）に書いてある。ただし、大妻女子高校の二年生の夏休み、十七歳のとき鶴田に会ったとあるが、工藤は三月生まれなので、十七歳で二年生はおかしい。最初の妻への献辞が書かれた本は七三年六月刊行だから、その半年後のことである。工藤は「お嫁さん」になったつもりでいたら、生活費は自分で稼ぐよう鶴田から言われて小学生のように泣きじゃくり、なんとか仕事で独り立ちするまでは鶴田が援助するということになったという。離婚調停が進んでいる頃、工藤は英語を学ぶためにコロンビア・カレッジに入ったが、「M. TSURUTA」と書いておいたら、今まで家庭にいて、離婚に当たって英語力をつけるために入学した鶴田の前妻の答案が返ってきたという。工藤の答案が返ってきた前妻のほうは、あの女は姓を偽っているから退学させろとヒステリックに大学に抗議したが教師はとりあわず、美代子氏も、以後は母親の旧姓の工藤を名乗ることにしたとある。正式な結婚までは五年かかったという。同書には、「夫に対する恋愛感情は、十二年前とほとんど変わっていない」などとぬけぬけと書いてある。

鶴田の、神経質で攻撃的なところは私と似ているが、かくのごとく艶福家であるところは似ていない。その一九七三年からブリティッシュ・コロンビア大学（ＵＢＣ）教授として、日本文学を教えていた。私がＵＢＣに二年いる間に、鶴田も、自分の若いころのような私に気づいたのだろう、他の人には言わないようなことも、私には言うようになった。シンガポールの学会で、どうも研究発表が聞いていてつまらない、と言ったら、学者ってえのは、ほら、職人が長いこと一つことをやってると体のどこかが変形するだろ、あれと似たようなもんだ、と言ったのでおかしかった。鶴田の二冊目の著書『川端康成の藝術』（明治書院、一九八一年）のあとがきには、本書は下手な演歌のようなもので、書評が寛大なはずもないから、悪評を見越して仕返しの意味で本書を女房工藤美代子に捧げることにするなどと書いてある。留学前にこれを読んだ私がむらむらと法界悋気《ほうかいりんき》したのは言うまでもない。

鶴田も工藤も相撲好きで、私がＵＢＣにいた頃、ゼミ中に、「ミヨコさんから送ってきた」と相撲の新聞記事を掲げたりしていたのは、『産経新聞』の小田島光の記事だけが読むに耐えるからだと言っていた。『グラフＮＨＫ　大相撲特集』一九八五年夏場所号に工藤が随筆を書いていて、たまたま日本に二人で長逗留して相撲を観ていると、工藤が二言目には「寺尾ちゃんカワユーイ」などと言うので、鶴田が、あんたと相撲を見るのは嫌だと怒るなどという情景が描かれていたし、九〇年から九二年まで工藤は朝日新聞の書評委員で、カズオ・イシグロの『日の名残り』を評して、川端の『山の音』に匹敵する傑作、と書いていた。『山の音』の分析は鶴田の代表的な仕事で、工藤の書評に私はしばしば鶴田の影をみた。要するに随分二人で見せつけてくれたのである。もっとも、最後の五年ほどは別居婚で、三週間に一度工藤がカナダへ渡るという状態だったようで、九三年頃、工藤とも別れ、九七年、UBCを定年になって、国際日本文化研究センターの外国人教授、ついで龍谷大学教授になったが、ほどなく末期の肺癌であることが分かり、帰国して三度目の結婚をして周囲を驚かせたあげく、死んだのは一九九九年十一月だった。

離婚後の鶴田はかなり参っていたし、工藤はそれからほどなく加藤哲郎と結婚したから、私はてっきり工藤が鶴田を捨てたのだと思っていたら、新潟出身でベースボール・マガジン社の創設者である父池田恒雄のことを書いた工藤の近著『それにつけても今朝の骨肉』（筑摩書房、二〇〇六年）を読んだら、離婚は鶴田が言いだしたことだと書いてあった。老後を共にする伴侶が欲しいからというのだが、私は直観的に、工藤は嘘を書くような人ではないと思うから、鶴田は当時お目当ての女がいて、しかし振られてしまったのではないかと思う。ところで工藤は、自伝的な文章ですぐ自分のことを不美人のように言うのは、高峰秀子が自分をオカチメンコと言うのに似ており、四十代のころは華やかな美人で、私はラフカディオ・ハーンについてのNHK教育テレビの放送をうっとりして眺めていた。鶴田は晩年は谷崎研究に着手していたが、どうも本当は川端より谷崎のほうが好きだったらしい。

# 附録

# ある朝

田山花袋

今年五つになる総領の女の児は、書生が伴れていつものやうに近所の幼稚園に出かけて行つた。下女は勝手元をすませて、二番目の男の児を負つて、町に買物に行つた。火鉢には白く湯気の立つた鍋がかゝつて、長《た》けた朝を思はせるやうな味噌汁の葱の匂ひが四辺《あたり》に漂つてゐる。朝日はもう縁側の障子の半面を照してゐた。

餉台の上には、茶碗だの、お椀だの、漬物の丼だの、醤油さしだの、箸だのがごた〳〵とさつき下女が置いたまゝになつてゐた。

その前の湯殿の流しからぢやぶ〳〵といふ水の音が聞えて来てゐる。それが絶えては続いて聞えてゐる。時には、桶から盥に水を移す気勢《けはひ》などもする。ばつたり止つたと思ふと、またぢやぶ〳〵といふ音が続く。

隣の黒い大きな犬が来て、いつもするやうに、踏石の上に上つて、首を縁側の上に載せたり何かしてゐたが誰もかまつて呉れるものがないので、そのまゝのそ〳〵と下りて、今度は湯殿の半分戸の明いてゐる処へ行つた。そして洗濯をしてゐる此家の二十五六になる束髪に結つた細君の前に顔を寄せた。

ぢやぶ〳〵と水の音がしてゐる。

「太郎、太郎。」などと細君は声をかけて居たが、やがて洗ひ終つた腰巻だの単衣だのを一かためにして、そしてそれを庭の隅にある物干竿へかけに行つた。

「もう起きたらう。」と思つて、ぬれた手を前垂で拭いて、そして縁側から家の方へ入つて行つた。しかし依然として家の中はしんとしてゐた。次の間に寝てゐる主人も、二階にゐる須磨子さんもまだ起きたやうな気勢もない。煮立つた味噌汁の鍋を下しながら、振返つて、後の柱にかけてある時計を見るともう九時十分前である。

「どうしたんだらう。いつもこんなことはないのに…………昨夜遅くまで勉強してゐたかも知れないけど……こんなことはあんまりないことだ。……それに、須磨子さんも何うしたんだらう。学校に行く時間が遅くなりやしないかしら?」

かう思つたが、すぐ止して、昨夜、縁側で、明るい月の光を浴びながら、遅くまで三人して話をしたことを頭に浮べた。「先生、そんなことを仰しやつたつて、それはいけませんわ。女には女の心持がありますから。」こんなことを須磨子さんは云つた。

色の白い顔と、品をした姿勢とがあり〳〵と細君の眼の前を通つて行つた。中形の浮衣に、左の指にはルビーの入つた指環、明るい月の光の陰のところにわざと選んで坐つた艶つぽい姿——「何うして須磨子さんは、あんな素振をするんだらう。学生にも似合はない……笑ふ時に袂で口を押へるのは女郎のやうで可笑しいからおよしなさいつてあれほど皆なに言はれてゐるのに……昨夜も矢張してゐた。……それに、学生の身で、指環なんかをはめて、出かける時には、お召なんか着て行くんだから。いくら家が好いたつて……」かう思つたが、ふといつもの考が胸に上つて来た。と、細君はキツとなつて、自分の心を其処に一つに集めて見るやうな顔の表情をして、向うにある箪笥の方をぢつと見た。過ぎ去つた五六年の月日が歴々と眼の前に見えた。新婚の当座……総領の娘が腹にある時の楽しい旅行……やさしい男の心……子供が二人にもなつて段々衰へ行く自分の姿……夫がやさしい言葉を須磨子さんにかける時の顔色……小さなしかし強い痛い嫉妬……「私なんか指環一つ貴方から買つて戴きやしませんよ。」かう言ふのを黙つて真面目なイヤな顔をして聞いてゐる夫の顔……。

「そんなことはない……馬鹿な……」かう細君は打消して見た。

「本当に何うしたんだらう。」もう一度かう思つたが、鉄瓶から湯を急須にさして、茶を一杯飲んだ。と、其処に総領の娘の不断着がさつきぬいだまゝになつてゐるのを見て、立つて、それを長押《なげし》にかけた。次手に障子を明けて見ると、夫はスヤ〳〵心持好ささうに眠つてゐる。わけた髪を此処に見せて、顔を壁の方に向けて……。

自分の床がそのまゝになつてゐるのを見て、蚊帳を外して、そしてそれを畳んで押入に入れた。

蚊帳のカンがチヤラ〳〵鳴る。

夫が体を動かしてゐるのを機会に、「あなた、あなた。」

「う、う。」などと夫は言つてゐる。

「もう、九時過ぎですよ。行くのが遅くなりますよ。」

「う、う。」と言つたが、其時はもう夫は大きな眼を明いてゐた。変な――今まで見たことのないやうな鋭い表情のある眼附をして此方を見たが、すぐまた壁の方を向いて了つた。

「本当にお起きなさいよ。もう遅いんですよ。」

「うむ。」かう言つたが、夫はすぐ跳起きた。そしていつもする朝の莞爾《にっこり》した顔をも見せずに、そのまゝ勝手の方へと素気なく立つて行つた。やがて細君は床を畳んで茶の間の方に来た。しかし勝手の方はしんとしてゐる。水を汲む音もしない。さうかと言つて顔を洗つて此方へ遣つて来ようともしない。いつも早い癖に――かう思つて覗いて見ると、夫は楊枝を口にしながら、ぼんやりそこに立つてゐる。

暫くしてから水を汲む音がする。金盥を伏せる音がする。

いつものやうに長火鉢の向う側に来て坐つた夫の顔に、何処か疲れたやうな暗い表情があつた。色艶も厭に青白かつた。そして黙つて何か考へてゐる。

「何うかして？　顔の色がわるいやうですね。」かう細君が言ふと、

「さうか。」狼狽てたやうに、ドギマギした言ひ方をして、「昨夜、遅かつたからだらう、屹度。」

「余程遅くまで。」

「寝たのは一時だつた。」

「さうですか……貴方のやすんだのを、私ちつとも知らなかつた。」

茶を汲んで出して、「須磨子さんも起して来ませうか。」

「いゝよ、構はんでお置きよ。」夫は慌てたやうに言つた。「折角寝てゐるのを、無理に起さなくた

つて好い。」

「でも、余り遅いから……。もう九時半ぢやありませんか。」

「まア好いから。」かう言つて、餉台の上にある自分の茶碗を取つて細君に渡した。須磨子の可愛い茶碗と若狭塗の小さい箸箱とがそこにちやんと置いてある……。

「ぢや、私もすまして了はうかしら。」

「その方が好いよ。」

「でも、呼んで来ませう。あとで又面倒だから。」

「なアに、好いつてば……。お前はおせつかいでいけない。若い娘は眠いもんだから、そツとして置く方が好いよ。」主人の調子には強いところがあつた。

「ぢや、済して了はう。」かう言つて、細君も箸を執つた。二人は暫しの間黙つてゐた。主人は一杯食つて、そのまゝ箸を置いた。

細君が手を出すと、「もう沢山だ!」

「一膳きり――」吃驚したやうに言つて細君は夫の顔を見た。主人は傍の鉄瓶から湯を茶碗についだ。白瓜の漬物を二片三片食つたばかりで、味噌汁などには手をもつけない。

「何うかしたんですか。」

「なアに――」

「でも、一膳では――」

「此頃は、朝は飯を食へないよ。」暫く黙つて、煙草などを主人はふかしてゐた。いつものやうに話もしない。話を細君がしかけても、フム〳〵とばかり言つてゐる。やがて奥の書斎の方に入つて行つた。

主人は久しく其処から出て来なかつた。出て来た時には、細君はもう洗物をすまして、勝手から茶の間に来てゐた。須磨子の茶碗と箸箱との載つた餉台は隅の方に片寄せてあつた。

隣の犬がまた其処に来て首を縁側に載せてゐた。しかし今日は主人はその頭を撫でてやらなかつた。

「服！」かう言つて、立つて次の間に入つて行つた。カラーにネクタイに靴下。いつものやうに襟をとめてやらうと思つて、細君が其傍に行くと、

「なアに、好い。一人でやる。」

かう言つて、手ばしこく一人でとめて、そしてサツサとヅボンを穿いた。

「政の不断着を今日買ひに行かうと思ふんですがね。」かう細君が顔を見ながら言ふと、主人はポケットの中の財布から黙つて金を三円ほど細君に渡した。

玄関を出て、靴をはいてゐる時、

「今日はいつもと同じ……」

「少し遅くなるかも知れない。」

かう言つて、主人は包をかゝへて、格子戸を明けて、そして出て行つて了つた。

細君は茶の間に戻つて来た。長火鉢の傍で煙草を一服吹かしてから、二三日前からかゝつてゐる裁縫を其処に出したが、ふと気が変つて、その前におつくりをしようと思つて、縁側の方を向いた

明るいところに、箪笥の上から鏡台を下して来た。そして鉄瓶の湯を金盥に明けたがそれが足りないので、今度は小柄杓で銅壺から湯を汲み出した。

髪を結ひ直して、前髪のふくらみ加減を見て、紐で後をキリ〳〵結んで、後櫛をさした具合を鏡に映して見て、それから袒《はだぬぎ》になつて、おつくりを始めてゐるところに二番目の子を負つた下女が買物から帰つて来た。「母ちやん、母ちやん。」と其児は母親の方に手を出した。

それがすんで了つても、まだ須磨子は起きて来ない。時計はもう十時半のところを指してゐる。「本当に何うしたんだらう。」ともう一度かう言つて、階梯の方を振返つて見たが、しんとして物音も聞えて来ない。たうとう堪へ兼ねて、階梯の方のところの扉をあけて、上を向いて、「須磨子さん！」と呼んで見た。矢張返事がない。不思議に思つて、細君はトン〳〵階段を上つて行つた。雨戸は閉つてゐるが、昼近い日影は六畳の室の中を明るく見せた。須磨子は小掻巻をかぶつたまゝまだ寝てゐる。

「須磨子さん。」かう呼んで傍に行つて、「何うしたの、須磨子さん？」

須磨子は顔を蒲団の上に突伏してゐた。机の傍には、本だの手帳だの白粉の壜だのが一杯になつて散らばつてゐる。須磨子は眠つてゐたのではなかつた。

細君は雨戸を明けようとした。と、急に須磨子は、「奥さん、放つて置いて下さい！」と言つてまた顔を突伏した。

「何うかしたんですか、須磨子さん、え、え？」細君は傍に寄つて訊いた。須磨子は黙つて唯頭を振つてゐた。細君の胸には、此時、驚愕と恐怖とが凄じい力で襲つて来た。夫の今朝の素振が一つ一つ鮮かに生々として蘇つて見えた。雨戸を明けかけた細君の体はワナ〳〵戦《ふる》へた。須磨子は依然として突伏してゐる……。

（『新文林』大正二年八月）

# 拳銃

田山花袋

『お前も馬鹿なことを言ふねえ、己にそんな真似が出来ると思ふのか。』

『い、え、さうぢやないんですけれども……』と妻は夫が真面目になつたにも拘らず猶笑つて、『それやそんなことはないのは知つてますけれど……魔がさすといふことがありますからねえ。』

『魔がさす?』

馬鹿なと言つたやうな調子で、夫は笑つて妻の肥つた丸い顔を見た。

『だつて、此方でいくら大丈夫でも……向うで熱心なら何うなるか解りやしませんからねえ。』

『向うで熱心かねえ?』

『それや熱心ですとも、先生、先生つて、貴郎が戦地に居る間、どれほど口癖に言つて居たか解りやしませんよ。貴郎も手紙をよくよこしたぢやありませんか。』

『それやよこしたさ。先生が弟子に手紙をよこしたつて、何でも無いぢやないか。』

『それや何でもないけれど……』

『お前そんな馬鹿なことを言つて人に聞かれたら何うする。種子に聞かれても恥かしいぢやないか。』

妻は今年産れた児に、胸をひろげて、乳を呑ませながら、

『だから私は何とも思つて居やしませんよ。貴方と種子さんとは別なんだから……普通の人間の心持ぢや解らないんだから。』かう言つて笑つた。

妻の心と、自分の心と、種子の心と、かうも違つて居るのだと夫は思つて黙つて了つた。鉄瓶がグラ〳〵煮え立つて、湯気が上つた。午前の十時、秋の晴れた朝日が次の座敷に流る丶やうに射し込んで居る。勝手元からは下女の跡仕舞をする音がをり〳〵聞えて来る。

夫は猫板の上の薬缶を取つて、鉄瓶に水をさした。児は赤い頰を母親の柔かい乳房に当て丶半は眠りながら、スパ〳〵吸つてはやめ、吸つてはやめしてゐる。

『でも此間も、皆なが言つてましたよ。停車場へ迎へに行つた時も、種子さんの様子つて無かつたつて……一体あの人、誰れにでも変な眼附をしたり、様子をしたりしますのねえ。何か言ふと、あらまア奥さん……なんて言つて、袖で……』と袖を羞かしさうに口に当てる真似をして、『かう遣るんですもの、二十一にもなつて、あんな真似はしないといいんだけれども……』とまた笑つて、

『今度見て御覧なさいよ、屹度しますから……。それに、真直ぐにちやんと坐つたことはつひぞなくつてねえ、いつも屹度横にだらしなく品をして坐つて居ますのねえ。だから、刑事につられたり、鎌田さんには、あれは好い家庭に育つた娘ぢやないなんて言はれるのですよ。』

『それや、お前なぞの時代の娘とは違ふからねえ。』

と言つたが、『まア好いよ、そんなこと何うでも……』と夫は立つて座敷に行つた。

座敷の一隅に、軍用カバンと行李とが置いてあつた。軍用カバンには、白い漆で第二軍従軍写真班と書いてあるのが際立つて見えた。かれは四五日前に、戦地から帰つて来たのである。写真班附の従軍記者として、第二軍の上陸当時からつい半月以前の遼陽陥落まで、雨に濡れ、風に曝され、砂塵に塗れ、炎熱に苦しめられ、ある時は砲弾の破裂する高粱畑の掩濠に半日を送つたこともあれば、蝿の多い病院の一室に熱を病んで寝て居たこともあつた。停車場に迎へに行つた時、人々は頰はこけ髭は生え体は痩せたかれの姿に一方ならず驚かされた。『何うしませう、奥さん、先生があんなにお痩せなすつて?』と種子は細君に言つた位であつた。

今日は社を休んで、少し四辺を整理しようと思つて、主は軍用カバンと行李とを明けた。中には手帳、書籍、水筒、道明寺糒、雑誌、手紙などが一杯にごた〳〵と入れられてある。拳銃が一箇、弾丸を入れた革の箱と一緒に其隅にあつた。

主は書籍と雑誌とを整頓して、次に手簡を揃へた。種子から来たのが一番多かつた。細い器用な達者な字で、すら〳〵と書いてある。紫インキで走り書きにした端書も二三枚交つて居た。かれは其手紙を別にして揃へて見た。一つ〳〵何れにも記憶のないものはない。広島の汚ない旅館の生活から、上陸当時の荒涼たる砂埃、楊の樹のかげのさびしい支那民家、村夫子らしい支那人の顔、砲兵陣地の凄じい土烟、朝の忙しい行軍まで、其手紙についての種々の記憶と共に新しく眼の前を通つた。ことに野戦郵便の初めて開けた日のことがはつきりと頭脳に残つて居る。丁度其時は夕暮であつた。管理部から懇意な軍曹が来て、『写真班にも手紙が沢山来て居るから取つて来給へ、』と教へて呉れた。かれは班員の一人と野を越えて行つた。野には夕日がさし渡つて、その余照を受けた楊が司令部のある村にこんもりと茂つて、民家の灰色の土壁の前に、歩哨が銃を肩にして立つて居るのが小さく明かに見える。受取つた手紙の中には果して種子のが一通入つて居た。帰りには近道をして、浅い砂川をザブ〳〵渉つて来た。川には赤い雲が映つた。

今一つかういふ記憶がある。大石橋の戦が済んでからである。軍は暑い日を毎日々々前進した。郵便を受取る暇がない。処がある日前方の都合で、司令部は一日ある所に滞在することになつた。管理部の行李が後から追付いて一緒になつた。かれは一番先に其処に行つて郵便をさがした。野の末の褐色の路に、管理部の行李が幾つとなく並んで、カーキー色の服を着た軍曹や上等兵や傭人が傍の楊の蔭の涼しい処を選んで寝ころんで居る。郵便は写真班の行李の中に入れられてあつた。種子の手紙を歩きながらかれは読んだ。

遼陽の戦後、戦死した士官の隠袋に女の手紙が血に染つて入つて居た。身につまされて悲しい気がした。かれの汚れた隠袋にも矢張女の手紙が入つて居た。

手紙の中には妻からのも無論交つて居た。

それを整頓しながら、かれはふと、

『難かしい問題だ！』

と思つた。

『そんなことがこの己に出来るか、』と続いて考へて、『けれど何が恐ろしいと言つて、自然から来る災害ほど恐ろしいものはない。自然の力に向つては、人間は何んなことをするか解らない。自分では飽までそれと戦ふつもりで居ても、いつの間にか負けて了ふ。……妻の心配するのも無理はない。』

『自分は妻に向つて、己にそんな真似が出来るかと言つた。確かに真面目で言つた。けれどこれを自分は誓ふことが出来るか。』

かれは時々暗い心を起した。妻の死を考へることもあつた。今、妻が……妻が死んで呉れたら……


……妻が死んで、この身体が自由になつたら……

其周囲を種々の空想やら幻像やらが旋風のやうに早く〳〵通つた。妻を毒殺した夫、夫を毒殺した妻、盲目なる自然の力に余儀なくされた罪悪を頭脳に浮べて見てゾッとした。

妻が児を寝つけて其処に来た。

『種子さんからの手紙がまアこんなに……』

と突然整頓した手紙を取つた。

『まア、そんなもの見たつて仕方がない！』

夫が奪はうとすると、『好いぢやありませんか、見せたつて……』と、妻は急いでそれを後にかくして笑つた。

夫はがらんとなつたやうな頭で、妻が手紙を展げるのを見て居た。

妻は封筒から手紙を出しては展げて見て居る。人の心の明かに見えるのは、手紙に若《し》くはないといふ風で、平生の無頓着にも似もやらず、ある秘密を其処から発見しようとするかのやうに、一つ一つ、熱心に忠実に読んで居た。

別に意味があつたのではないが、丁度一通の手紙を半ば読まうとしてゐる時、

『まア、そんなもの何時まで見て居たつて仕方があるもんか！』と言つて、夫は手を延して引奪つた。

『あれ、鳥渡、お見せなさいよ。大変なことが書いてあつた！』

と、顔を真赤にして、妻はそれを取返さうとする。

『大変なこと！　何が大変なことが書いてあるものか。』

『まア、好いからお見せなさい！』

と言つた妻の顔は真面目に眼は据つた。

夫が頓着なく手紙を蔵はうとするので、

『ぢや、疑はれても仕方がありませんねえ。』

『疑ふも疑はれるもありやせんぢやないか。馬鹿々々しい。見るなら見ろ！』

と投げて遣る。

妻は目を睜つて、

『まア、こんなことがありますよ、――先生も余り水臭いの何のつて、呆れるねえ、種子さんにも……』

それは別に呆れるやうな手紙ではなかつた。種子の一身上の将来について、少し意見を言つて遣つた其返事である。で其訳を細々と夫は話した。けれど全く腑に落ちるやうに話すのには容易でな

かつた。

『だつて余りですねえ。弟子の身で先生に向つて、水臭いのなんのつて……』

『どうせ、お前には解らんよ。』

『解らなくつても、何でも好いから見せて頂戴！』

『勝手に見ろ。』

と夫も妻のわからずやに呆れたといふ風に、其処にある種子の手紙を皆な押して遣つた。

妻は熱心に展げて読んで居る。

少時経つた。

やがて、夫が、

『何うだ、何か面白いことがあつたかね？』と皆な読んで了つたのを見て、わざと笑ふと、

『余りですよ、種子さんも……』

『何が余りだ？』

『だつて、先生に向つて、水臭いのなんのつて……私、吃驚した。』

と前のことを繰返して居る。

夫はそら見たことかといふやうな勝誇つた態度で、軍用カバンの中から、いろ〳〵のものを出して其処に並べた。遼陽で拾つて来た砲弾の破片、露西亜語の小説雑誌、記念の為めにわざ〳〵持つて来た道明寺糒、それからクロパトキン将軍の宿舎の庭で拾つた女のリボンなども出した。

最後に拳銃を取出したのを、細君は手に取つて見て、

『これは弾丸が入つて居るのですか？』

『いや――』

『これを打つたことはありますか？』

『たうとう打つたことはなかつた。』

『ぢや持つて歩いたばかりですねえ。』

『さうさ、重い思ひをして持つて歩いたばかりさ。けども戦地ではいつどんな眼に逢ふか知れないから、こればかりは身から離されなかつたさ。遼陽の宿舎で、一発も打つて見ないではつまらんからつて、皆が揃つて打つて居たつけ。』

『無駄なことをしたものねえ。』

と妻は笑つた。

『でも、これでも持つてると持つてないでは、心丈夫さが違ふからねえ。』

『それはさうでせうとも……』と言つて、妻はある事を思出して、

『これはねえ。貴方、宅に置く方が好い。盗賊の用心になつて好う御座んすから。姉さんの家にも一箇これと同じやうなのがありましたよ。義兄さんが死んでから袋町に一人で住んで居る時分よく盗賊の用心にするんだつて、弾丸をこめて、高い棚の上に置きましたよ。いつかなんぞ夜中に郵便々々つて戸を叩く奴があるんですつて。時計を見ると、十二時頃なんですつて。今時分、郵便の来る筈がない。あやしいと思つたから、宅にはピストルがあるから、入るんなら入つて見ろ！　つて言つてやつた相ですよ。するとすぐ行つて了ひましたつて……』

『ピストルで女が盗賊を追つてやつた話はよくあるさ。』

『宅に取つて置くと好う御座んすねえ。』

妻はいぢくり廻して居た。

夫はやがて手に取つて、弾丸をこめた処をぐる〳〵廻して見て、なんの気もなく引金を起して――かれは遼陽を出発する時、途中万一の災厄を慮つて、弾丸を三箇入れて来たことを全く忘れて居た――それをパチンと落した。と驚くまい事か、妻の方に向けた筒先から、煙と共に火が出て、凄じい音がした。

瞬間、只瞬間であつた。妻が顔を反ける暇もなく、夫がはつと思ふ間もなかつた。二人の心には此の時言ふべからざる恐怖と戦慄とが烈しく襲つて通つた。幸ひ弾丸は妻の頭の上五六寸の処を過ぎて、唐紙を打通して向うに行つて了つたが、二人は真青になつて顔を見合した。

暗い恐ろしい或物が二人の暗い心を更に一層明かに二人の間に展げて見せたやうな気がした。これで妻を殺したなら……と夫は思つて戦慄した。妻はかうして自分を殺す気が夫にあつたのではないかと思つて戦慄した。


（『早稲田文学』明治四十二年）

# あとがき

本書には、『反＝文藝評論』（二〇〇三年六月）以後に書いたもののうちから、日本近代文学に関する、比較的まとまったものを集めた。ほかに、学術論文として書いたものがあるのだが、それは除いた。『文學界』の「上機嫌な私」は二年半にわたって連載したが、私はどうも、こうした一回読み切りの連載を纏めるというのが性に合わず、結果としてばらばらになってしまった。

表題論考にも書いたとおりだが、私はこの数年、「私小説」は悪く言われすぎている、と思ってきた。といっても、志賀直哉は嫌いで、初期の「濁った頭」などは優れた私小説だが、「和解」以後のものは少しも気に入らない。名編と言わざるをえない「焚火」などを除くと、「城の崎にて」や『暗夜行路』がどうして名作なのか、まるで分からない。また、同じように暴露型私小説でも、近松秋江のものは素晴らしいが、岩野泡鳴にはちっとも感心しない。

とはいえ、私もまた長いこと、中村光夫の図式に捉えられて、日本の私小説はダメなものだと思い続けてきたが、いよいよ鎧兜に身を固めるようにしてリアリズムや私小説の擁護を始めたのは、私自身が私小説「悲望」を発表してからのことであるのは、否定できない。

するとあたかもそれに呼応するように、長老である文藝評論家の秋山駿が『私小説という人生』（新潮社、二〇〇六年）を刊行して、「蒲団」が優れていて、泡鳴の「耽溺」がいけない所以を説いてくれたのは、盲亀《もうき》の浮木《ふぼく》のような思いがしたものだが、引き続いて、破滅型・暴露型私小説を書き、私が注目していた新人作家・西村賢太が野間文藝新人賞を受賞、またかねてからの私小説作家・佐伯一麦《かずみ》が、前年の『鉄塔家族』による大佛次郎賞に引き続いて『ノルゲ』で野間文藝賞を受賞し、新聞には、私小説の復権か、などという記事も出たのは、嬉しいことだった。

もっとも、明治から昭和三十年頃までの文藝を調べていると、今の小説家は全体として優等生的に過ぎる、と私は思っている。昔は、夏目漱石のように学者をやめて小説家になったものだが、今では小説家が大学教授になったりする。純文学は売れないから仕方がないとはいえ、ちゃんと大学院で学んだ若い学究の職を奪っているわけだし、あまり嬉しい現象ではない。

*

ところで、二〇〇三年から現在までというのは、私にとってはつらいことの多い日々だった。その年に施行された健康増進法以後、禁煙ファシズムが進行して、喫煙できる場所は次第に狭められ、私はあちこちで人々と衝突した。「分煙」でいいと言っているのに、建物内とか敷地内とか、遂にはＪＲ東日本の新幹線や特急まで全面禁煙になってしまった。既に二十世紀から、飛行機が禁煙になったため、私は乗れなくなったが、この様子では、首都圏近辺だけをうろうろして生涯を終えることになりそうだ。また、一九九九年に大阪大学を、耐えられなくなって辞めて以来、二十七件近くの大学の公募に応募してきたが、二〇〇四年に、比較文学の公募で、明らかに私より業績のない者が採用されたのを機に、応募もやめてしまった。大学は禁煙ファシズムがひときわ厳しいし、それと戦っている私を採用する大学などというのはもうないだろう。

とはいえ、何といっても、母を喪ったことが私には最大の痛手である。これまでのところ、私はある種の強運を持っていると思っている。たまたま阪大を辞めたのと同時に本がベストセラーになったため、今日まで食うに困るわけでもなく生き長らえているのは、一つの強運だろう。あるいはカナダ留学の二年目に立命館大学の学生百人がやって来たのも、それがなければ孤独のためさぞ苦しんだだろうことを思えば、強運である。

だが、庇護者運は悪いらしい。カナダ時代の恩師鶴田欣也先生は、九九年に六十七歳で亡くなり、阪大時代に一番お世話になった広瀬雅弘教授は、二〇〇四年に五十二歳で亡くなってしまった。そして二〇〇七年暮れ、私は母を喪った。六十八歳だった。既に入退院を繰り返していた四月に私は初めての正式な結婚をして、それから以後、妻はよく母の見舞いに同行してくれた。しかし、先代桂文楽が言っていたように、「人間、ふたぁついいことてのはない」ようである。

四十四歳で、六十八歳の母を喪うことは、七十代半ば過ぎの母を喪うこととは違うし、自分がもっと若いうちに喪うこととも違う。寿命として諦めることも難しいし、自分自身が若さによって柔軟に痛手から快復することもできない。また、自身の老いが迫っていることも感じる。以来、私は参っている。参りながら仕事をしている。何もしていないと参ってしまうから仕事に没入して忘れようとしている。

そんな時、ふと私は、小林秀雄が四十四歳の時、六十六歳の母を喪っていたことに気づいた。それは敗戦の翌年だったが、敗戦など何ほどのこともないくらいこたえた、と小林は「感想」に書いている。五月末に母が死に、八月に小林は明治大学教授を辞めている。資格審査手続が煩瑣だったから、と年譜にはあるが、同じ頃小林は、水道橋駅のプラットフォームから転落している。とうてい、大学で教えるだけの気力が、小林にはなかったのだろうと、私は勝手に思う。

小林はしかし、母親が死んで数日後、仏壇の蠟燭がなくなったので買いに出かけると、もう夕暮れ時で、大きな螢が飛んでいた、そして、おっかさんは螢になったのだと思った、と書いている。いい話のようだが、私は、あまりに美化されすぎていると思う。私はむしろ、母の死に力を失い、大学も辞め、プラットフォームから転落する小林は好きだが、螢になった、などと書く小林は、やはり信用ならない人だと思う。

母が死んでから、というより、その病気がただならないものだと分かってからのことだが、私は、母より年長だと思える老人を見かけると、腹が立つようになった。あれほど、自分のことより他人のことを先だてて、実際よりも身を小さくして生きてきた母が死んで、なぜお前のようにべんべんと長らえている者がいるのか、と思うのだ。まったく、当人たちにとっては、言いがかりとしか言いようがない。けれど、それが今の私の正直な気持ちである。

母は私が子供の頃から、正直であれと言い続けた。大学生の頃、この世には正直で損をすることも多く、正直者は時に嫌われることを知った私は母を恨んだこともあったが、結局私はバカのつく正直者として今日まで生きてきた。それをよしとしてくれる人々がいるなら、それは母のおかげである。

小谷野敦

# 初出一覧

リアリズムの擁護　『週刊朝日別冊　小説トリッパー』二〇〇七年春号
大岡昇平幻想　『小説トリッパー』二〇〇六年冬号「大岡昇平の歴史小説論」に加筆
司馬遼太郎の女性観（原題「現実の女を描かなかった司馬遼太郎」）『司馬遼太郎作品の中の女性たち』ダ・ヴィンチ編集部、二〇〇六年
恋愛と論理なき国語教育　『文學界』二〇〇二年五月号
岡田美知代と田山花袋「蒲団」について　書き下ろし
ペニスなき身体との交歓　『ユリイカ』臨時増刊・総特集・川上弘美読本　二〇〇三年九月
落語はなぜ凄いのか　延広真治・山本進・川添裕編『落語の世界①落語の愉しみ』岩波書店、二〇〇三年
偉大なる通俗作家としての乱歩　『国文学　解釈と鑑賞別冊　江戸川乱歩と大衆の20世紀』二〇〇三年八月、至文堂
『卍』のネタ本　『文學界』連載「上機嫌な私」二〇〇六年八月
石田三成と谷崎潤一郎　同、二〇〇七年三月
藝術家不遇伝説　同、二〇〇六年十二月
鶴田欣也先生のこと　同、二〇〇六年十一月

## ま 行

## な　行



## は　行

## た 行

## さ　行

## か　行

# 人名索引

## あ　行

**著者紹介**

小谷野敦（こやの あつし）

1962年，茨城県に生まれる。1987年，東京大学文学部英文科卒業。1997年，同大学院比較文学比較文化博士課程修了。学術博士（超域文化科学）。1990～92年，カナダのブリティッシュ・コロンビア大学に留学。1994年より大阪大学言語文化部講師・助教授を経て，現在，東京大学非常勤講師。

著書：『新編 八犬伝綺想』（ちくま学芸文庫），『夏目漱石を江戸から読む』（中公新書），『〈男の恋〉の文学史』（朝日選書），『男であることの困難』『江戸幻想批判』『反＝文藝評論』『なぜ悪人を殺してはいけないのか』（新曜社），『もてない男』『バカのための読書術』（ちくま新書），『聖母のいない国』（青土社），『退屈論』（河出文庫），『恋愛の昭和史』（文藝春秋），『谷崎潤一郎伝』（中央公論新社），『日本売春史』（新潮選書），『リチャード三世は悪人か』（NTT 出版）のほか，小説『悲望』（幻冬舎）など多数。

新曜社 リアリズムの擁護
近現代文学論集

初版第1刷発行　2008年3月14日©

著　者　小谷野敦

発行者　塩浦　暲

発行所　株式会社　新曜社
〒101-0051 東京都千代田区神田神保町 2-10
電話(03)3264-4973㈹・Fax(03)3239-2958
e-mail　info@shin-yo-sha.co.jp
URL　http://www.shin-yo-sha.co.jp/

印刷　星野精版印刷　Printed in Japan
製本　イマキ製本所
ISBN978-4-7885-1090-6 C1090